사랑하고 싶고
상처받긴 싫은
너에게

상처받지 않고
사랑하기를

우리 모두 사랑 앞에서는 때때로 나약한 존재가 됩니다.

영원할 것 같던 서약이 어느 날 갑자기 부서지고, 신뢰했던 이의 낯선 모습과 함께 예기치 않은 이별의 그림자가 다가올 때. 사회에서, 학교에서, 친구들 앞에서 자신감 넘치던 우리의 모습은 온데간데없이 사라지고 사랑도 연애도 제대로 못하는 바보가 되곤 합니다.

그러나 사랑의 실패나 이별의 상처는 전혀 부끄러워할 일이 아닙니다. 역경을 이겨 낸 사업가가 더 큰 성공을 거두듯 사랑에 깊이 아파 본 사람만이 그 아픔을 넘어 성숙한 사랑을 할 수 있는 법입니다. 다만 이 책을 통해 여러분들이 조금 더 자신을 잃지 않고 중심을 잘 잡을 수 있도록, 보다 빨리 건강하고 성숙하며 스스로를 잃지 않는 사랑을 하도록 도와주고자 합니다.

'미란다 TV'라는 유튜브 채널을 운영하며 정말 다양한 구독자들의 이야기를 마주할 수 있었습니다. 놀랍게도 연애나 사랑에 대해서는 전혀 걱정 없을 것이라고 생각했던 능력자나 재력가, 미남, 미녀 모두 연애와 사랑에서는 어려움을 겪고 있더라고요. 서두에 말했듯이 우리 모두가 다 사랑 앞에서는 미약한 존재라는 이야기입니다.

제가 강조하는 솔루션은 바로 '자존감'과 '자기 사랑'의 중요성입니다. 모든 것이 다 자존감·자기애와 관련되어 있기 때문입니다. '사랑'이라는 것은 묘합니다. 언제나 설렘과 기대로 시작하지만 그것을 지키고 이어 가는 과정에서 항상 고민과 갈등, 자기 성찰의 시간으로 가득 차게 됩니다. 이 과정에서 나약해지지 않고 건강한 연애를 하기 위해서는 자존감을 잃지 않는 것이 가장 큰 과제입니다.

〈사랑하고 싶고 상처받긴 싫은 너에게〉를 통해 사랑의 감정과 연애의 기술뿐만 아니라, 연애 과정에서 쉽게 잃어버릴 수 있는 자존감을 다시 찾는 방법과 생각을 담았습니다. 자신의 가치를 알고 사랑하는 것. 이것이 사랑의 진정한 시작이기에 지금 이 순간에도 마음을 졸이며 사랑에 울고 웃고 있을 당신에게 그 메시지를 꼭 전달하고 싶습니다.

유튜브를 시작하기 전에도 연애로 힘들어하는 주변인들의 고민을 들어 주고 솔루션을 제공하고, 또 문제가 해결되는 것을 보며 함께 기쁨을 느꼈습니다. 제가 가진 인사이트를 가지고 더 많은 분들에게 도움을 주고 싶은 마음으로 '미란다 TV'를 시작했고, 어느덧 10만 명이 넘는 구독자분들과 함께하는 큰 사랑을 받는 채널이 되었습니다. 그에 대한 보답의 일환으로 이 책을 집필하게 되었습니다. 저는 이 책이 당신의 사랑에 함께하면서 당신의 마음속에 심어진 자존감의 씨앗이 튼튼한 나무로 자라는 데 도움이 되기를 진심으로 바랍니다. 사랑을 넘어 삶에 긍정적인 변화를 가져다줄 수 있는 그런 책이 되기를 희망합니다.

'미란다 TV'와 함께하는 여러분과 이 책을 읽어 주시는 모든 이에게 감사의 마음을 전합니다.

미란다 TV 미란다 드림

♡

Contents

Part 1

사랑할 때 더 빛나는 당신에게

Part 2

사랑하면서 놓치지 말아야 할 것들

Part 3

지혜롭게 살고 현명하게 사랑하려면

PART 1

사랑할 때
    더 빛나는 당신에게

♥

당신은 사랑할 준비가 되었나요?

수많은 사람이 나에게 연애, 결혼에 대한 고민을 털어놓는다. 그 사연이 어쩌나 다양하고 제각각인지 새삼 놀라울 정도다. 만 개의 사랑이 있다는 것은 만 개의 아픔이 있다는 말과 같은 말이 아닐까. 누군가는 연애 시작에서 헤매고 있고 누군가는 연애 도중에 상대와 갈등이 있고 누군가는 사랑의 끝에서 이별에 상처 입거나 사랑의 결실이라고 부를 수 있는 결혼 때문에 또 고뇌하고는 한다. 이 모든 어려움을 해결하기 위해 그 근원을 찾아가다 보면 공통적인 질문을 하게 된다.

"당신은 지금 사랑할 준비가 되어 있나요?"

사랑할 준비, 사랑받을 준비. 사람들은 묻는다. 사랑을 하는 데 무엇을 준비해야 하나요? 사랑하는 데도 준비가 필요한가요? 물론이다. 갑작스레 찾아오는 운명 같은 것, 깜짝 놀라게 하는 서프라이즈 이벤트 같은 것. 사랑을 이런 것이라 생각하는 이들이 많겠지만 사랑은 철저히 준비된 자의 것이다. 그리고 로맨틱하고 운명 같은 사랑을 꿈꾸는 사람일수록 더욱 꼼꼼한 준비가 필요하다. 갑작스럽게 다가온 운명의 상대를 놓치지 않으려면 언제 어디서든 사랑하고 사랑받을 준비가 되어 있어야 하니까. 진정한 사랑을 하기 위해 준비해야 할 것들이 많이 있겠지만 그중 가장 먼저 준비되어 있어야 하는 것이 무엇이냐 묻는다면 나는 단연 '자존감'이라고 대답할 것이다.

"미란다 님은 자존감이 높으신 것 같아요."

"저는 자존감이 낮아서 인간관계가 힘들어요."

"자존감을 높이려면 어떻게 해야 하나요?"

실생활에서 우리는 '자존감'이라는 단어를 자주 사용한다. 자존감이 무엇이길래 인간관계에 있어 그렇게 중요하다고 하는 것일까. 자존감이 높고 낮다는 것은 무엇을 보고 알 수 있을까.

자존감이란 지금 자신의 상태, 즉 내가 어떤 사람인지에 상관없이 나 자체를 인정하고 사랑하는 것이다. 자신이 가지고 있는 조건이나 실체에 상관없이 나 자신을 사랑하고 아끼는 마음이다. 누구나 자기 자신에게 불만이 있을 것이다. 완벽한 사람은 그 어디에도 없으니까. 외모나 능력으로나 자기가 부족한 부분은 스스로가 더 잘 알기 마련 아니겠는가. 스스로에 대해서 잘 알면 알수록 나는 이 부분이 안 예쁘구나, 나는 이런 능력이 부족하구나, 나는 이런 결핍이 있구나 느끼게 된다. 타인은 몰라도 스스로는 자신의 단점을 알 수밖에 없기 때문에 자신을 사랑하는 것을 많은 사람이 어려워한다.

그런 상태에서도 자신의 장점을 발견할 수 있는 능력이 바로 '자존감'이다. '내가 코는 별로 안 예쁘지만, 눈은 누구보다 예뻐.', '나는 이런 능력은 부족하지만, 이건 참 잘하지.', '나에게 이런 결핍이 있지만, 이런 점은 훌륭해.'라고 말이다. 단점에 몰두하며 의기소침하지 않고 자신의 장점도 알아봐 주는 것. 그래서 자신의 삶을 스스로가 잘 살아가는 것이 자존감이 높은 것이다.

자존감이 높다는 증거는 딱 한 가지밖에 없다. 내 인생의 주체, 주인은 '나'라는 것을 스스로가 아는 것이다. 자존감이 높은 사람은 인생의 주권을 절대 남에게 주지 않는다. 역사적으로도 우리나라의 독립운동을 비롯해 미국 독립운동, 프랑스 혁명 등 많은 국가가 주권을 찾기 위해 얼마나 노력을 해 왔는지를 살펴보면 주권이 얼마나 중요한지 알 수 있다. 국가뿐 아니라 개개인의 인생에서도 주인이 자기 자신이라는 의식은 매우 중요하며 그것이 곧 자존감이다.

내가 진짜 사랑하는 엄마, 아빠, 애인, 배우자, 자식…. 그들이 나에게 소중한 존재이긴 하지만, 그렇다고 해서 내 인생의 주권까지 넘겨줄 수 있는 것은 결코 아니다. 그 사람들은 내 인생을 단 1초라도 대신 살아 줄 수 없다. 내 곁에 가까이에 있고 사랑하는 이들이 이럴진대, 하물며 남은 더더욱이 안 될 말이다.

반대로 이야기하면 자존감이 낮다는 것은 본인 인생의 주체를 자신이 아닌 남에게 준다는 것이다. 그렇기 때문에 타인의 선택에 의지하고 휘둘리고 그러다가 결국 인생의 방향을 잃어버리고 만다.

그렇다면 왜 자존감이 높아야 사랑할 수 있고 행복한 연애를 할 수 있을까? 자존감이 높은 사람들은 자신을 사랑하기에 남들도 그만큼 소중하다는 것을 안다. 그렇기에 이기적이지 않고 독선적이지 않고 타인을 배려할 줄 안다. 자신을 아끼는 것만큼 남도 소중하므로 그 사람의 의견을 잘 듣고 반영할 줄도 안다. 자신의 의견만 내세우지도 않고, 상대의 의

견에 무조건 수긍하지도 않는 것. 자존감 높은 사람들은 갈
등이 생겼을 때 그 대상과 대화함으로써 타협점을 찾아가는
것을 좋아하는데, 연애에 있어서 이보다 더 필수적인 덕목은
없을 것이다.

반면에 자존감이 낮은 사람들은 쉽게 흔들린다. 자신만의
확고한 취향이 없으니 상대방이 원하는 대로 맞추기에 급급
하다. 상대가 좋아하는 모습으로 자신을 바꾸고 그 틀에 맞
추어 비치려고만 노력한다. 안 좋은 방향으로 끌고 가면 끌려
가고, 툭 밀면 쉽게 넘어진다. 그러니 건강하지 않은 연애를
할 수밖에 없다.

건강한 연애를 원하는 사람이라면 상대의 취향을 파악하
고 그 취향을 배려해서 서로 맞춰 가는 과정 자체를 즐긴다.
그것이 행복하고 건강한 연애의 시작인데 자존감이 낮으면
억지로 참고 자신을 깎아 가며 상대의 기준에 맞추려 하기
때문에 불행한 연애를 하게 되는 것이다.

비옥한 땅에서 자란 꽃이 건강하고 아름답듯, 건강하고 아
름다운 사랑을 위해서는 사랑이 자라날 토대인 자존감부터
높여야 한다. 그 튼튼한 자존감이 당신에게 행복과 기쁨을

가져다줄 것이다. 지금 사랑 때문에 고민하고 있는가? 그렇다면 스스로에게 먼저 물어보길 바란다. 나는 정말 사랑할 준비가 되었는가? 다른 사람을 사랑하기 이전에 나 스스로를 사랑하고 있는가?

♥

자존감 낮은 사람의 특징

자존감이 낮은 사람들은 인생의 주체를 남에게 두는 것으로부터 기인한 여러 가지 안 좋은 태도를 가지고 있다. 자존감이 낮으면 낮을수록 타인을 쉽게 비난한다. 누군가를 평가하고 나무라는 것을 보면 왠지 그 사람은 자존감이 높아 보이고 남들보다 자신이 우월하다고 느끼기에 그런 말을 한다고 생각할 수 있다. 그래서 자존감이 낮을 거라고는 전혀 짐작하지 못하지만 사실은 반대이다. 자존감이 낮아서 타인을 비난하는 것이다. 그렇게 해야만 자신이 잘난 사람이 될 수 있기 때문에.

주변 사람이 포상을 받거나 승진을 했다, 혹은 자격증을 따는 등 좋은 일이 있다고 가정해 보자. 자존감이 높은 사람은 그 행위 자체를 쿨하게 인정한다. "역시 열심히 하더니 좋은 결과를 얻었구나. 대단하다. 나도 본받아야지." 하면서 축하해 주고 타인에게 좋은 일이 있다는 것 자체를 받아들인다. 그러나 자존감이 낮으면 그것을 부정한다. "참가만 하면 웬만하면 다 주는 상 아니야?", "때가 되니까 승진한 거지, 그 나이에 그 직급이면 솔직히 늦은 거야.", "시험 별로 어렵지도 않다던데. 요새 그 자격증 따서 쓸 데나 있나." 이런 식으로 말이다. 혹은 어떤 일을 시작도 전에 부정적인 얘기를 하기도 한다. "쟨 안 될걸? 아마 실패할 거야.", "어차피 쓸데없는 짓이야." 항상 상대적인 시선으로 세상을 바라보는 데다가 스스로가 높은 곳에 올라갈 자신은 또 없기 때문에 타인을 깎아내려야만 본인이 올라갈 수 있다는 생각으로 무의식 중에 비난하고 무시하는 발언을 자주 한다.

그들은 타인을 비난하는 것에서 그치지 않고 자기 자신마저 비하한다. 남을 판단하는 그 시각을 자신에게 적용하는 것이다. 살아가면서 우리는 크고 작은 수많은 실패를 경험한다. 햇빛이 그림자를 만들 듯 성취를 위해 노력하다 보면 실패는 자연스러운 일이라는 것을 모두가 안다. 자존감이 높은 사람도 당연히 실패를 하지만 그 사실을 있는 그대로 받아들일 뿐 자기를 비난하는 것으로까지 끌고 가지 않는다. 이런 실수가 있었고 이러한 이유로 실패를 했으니 앞으로는 그러면 안 되겠다는 교훈을 얻는다. 실패는 어디까지나 자신의 업적 중 일부일 뿐이지 인생 전체는 아니라는 것을 알기 때문이다.

반면 자존감 낮은 사람들은 그 실수를 자신을 깎아내리는 근거로 사용한다. '내가 그럼 그렇지…. 난 항상 다 망치는구나.', '이거 봐. 난 잘하는 게 하나도 없어.', '다른 사람들은 잘만 하는데 난 왜 이 간단한 일도 제대로 못 하는 걸까?' 살아가다 보면 할 수 있는, 어쩌면 필연적인 실수를 자신을 비난하는 근거로 사용하다 보니 자존감은 당연히 낮아질 수밖에 없고 그 때문에 자주 사용하는 단어, 표정이나 제스처, 우물쭈물하며 확고하지 못한 태도를 취하는 등 모든 것이 부정적이다.

비난이 습관이 된 사람들은 심지어 성취를 해도 비난한다. 운전면허 시험은 60점 이상이면 합격인 절대 평가다. 합격했다면 순수하게 기뻐하고 좋아할 일인데, 그런 상황에서도 자존감이 낮은 사람들은 이렇게 생각한다. '남들은 100점도 맞는데 나는 겨우 70점이네. 내가 운전을 해도 되는 걸까?' 자존감이 낮은 사람은 항상 성취를 못 해서 자존감이 낮고, 자존감이 높은 사람은 항상 성취해서 자존감이 높은 게 아니라 단순히 인식의 차이인 것이다.

나는 대학원에 들어갈 때 소위 문을 닫고 입학을 했다. 솔직히 말하자면 나는 더 행복했다. 이곳에서 똑똑한 친구들과 함께 공부할 수 있고, 졸업하면 어차피 그들과 똑같은 학위를 얻을 것이고, 문을 닫고 들어왔더라도 그들과 동등한 대우를 받을 걸 생각하니 그게 순수하게 기뻤다. 하지만 내가 자존감이 낮았다면 그 상황이 슬프고 위축되었을 것이다. '나는 다른 학생들에 비해 부족하구나.' 하고. 내가 얻은 결과는 무엇인가? 대학원에 합격했다는 것이고 그건 응당 축하하고 기뻐할 일이다. 그럼에도 불구하고 자존감이 낮으면 그 기쁨을 만끽하지 못하고 그저 자기 자신을 괴롭히는 것이다.

이러한 비난과 자기 비하는 '상대적인 눈', 즉 '비교'를 통해서 세상을 바라보기 때문에 일어난다. 남을 깎아내려서 자신이 올라가려고 하거나, 자신이 좋은 결과를 냈음에도 남들보다는 못하다는 것에 집착하여 좌절하는 것 모두 비교하는 버릇 탓이다. 이는 연애에 있어서 치명적인 단점일 수 있다. 상대를 다른 사람들과 비교하는 버릇은 자신뿐 아니라 상대의 자존감도 낮추고, 상대로 하여금 사랑받지 못한다는 좌절감을 느끼게 한다. 우리는 보통 부모님이 사소하게 하는 비교조차 정말 싫어한다. 학생들이 가장 듣기 싫어하는 말 1위가 "엄마 친구 딸은…"으로 시작되는 말 아닐까? 그런데 심지어 자기가 사랑하는 세상에서 유일한 사람, 단 한 명뿐인 연인이 나와 다른 사람을 비교한다는 것은 그 연애를 이어 갈 이유를 잃는 것과 같다. 자존감이 낮으면 이런 비교하는 마음이 가슴속 깊이 박혀 있기 때문에 행복한 연애를 하기 어렵다.

자존감이 낮은 사람은 타인의 부탁을 거절하지 못한다. 낮은 자존감 때문에 고민하는 사람들이 가장 많이 상담하는 주제이기도 하다. 그 이유는 남의 시선을 지나치게 의식하고 눈치를 보기 때문이다. 타인이 자신의 인생 주인으로 살고 있으니, '내가 만약 부탁을 거절하면 그 사람(주인)이 나를 싫어하겠지? 뒤에서 내 욕을 할지도 몰라.' 하는 두려움에 휩싸여 도저히 거절할 수가 없는 것이다. 부탁을 거절하느니 차라리 자신이 힘든 게 낫다고 말한다. 문제는 그렇게 부탁을 들어주는 데서 끝이 아니라 자기가 한 행동에 엄청난 스트레스를 받는다는 것이다. 거절을 하는 게 어려워서 들어주겠다고 했으면서 그로 인해 괴로워한다. '아, 내가 괜히 해 준다 그랬구나.', '바보 같이 왜 도와준다고 했을까, 너무 후회스럽다.'

그런데 비슷한 상황이 오면 또 거절하지 못한다. 왜냐? 상대의 눈치를 보느라고. 남을 위해 희생하고 하지 않아도 될 일을 대신하면서 타인에게 인정받지도 못하고, 스스로를 인정해 주지도 않는 본인 스스로는 얼마나 힘들겠는가.

자존감 낮은 사람을 볼 때마다 가슴이 아프고 연민의 마음이 든다. 타인을 비난하고 인정하지 못하고 매사에 비교하고 타인의 눈치를 보고 스스로를 비난하고 그럼으로써 자존감은 또 낮아지고…. 뫼비우스의 띠처럼 반복되는 자존감 상실의 악순환. 그 늪에서 벗어나는 것은 누구도 대신해 줄 수 없다. 그 굴레를 인지하고 스스로 자존감을 올리기 위해 힘쓰면서 악순환의 고리를 끊어 내는 것. 그것이 본인의 인생을 건질 유일한 길이다.

♥

자존감 높이는 손쉬운 방법

자존감을 높이는 방법은 여기저기 흔히 알려져 있다. 인터넷에 검색만 잠깐 해 봐도 수없이 많은 방법이 쏟아지고 자존감 관련 전문가들의 저서, 강연, 프로그램들도 많이 있기 때문에 의지를 가지고 조금의 관심만 있다면 다양한 방법들을 쉽게 알 수 있다. 여기에서는 직접 해 보았고 효과가 좋았으며 실질적으로 쉽게 실천할 수 있는 방법 2가지를 소개하려고 한다.

1 수긍하고 인정하기

자존감을 높이는 마법의 문장이 있다. 바로 "그럴 수도 있지!" 안 좋은 일이 일어나고 부정적인 생각이 들 때면 먼저 반사적으로 "그럴 수도 있지."라고 말해 보자. 음료를 들고 가다가 넘어져 와르르 쏟아 버렸는가? 미팅 스케줄을 확인하지 않아 곤란한 일이 생겼는가? 깜빡하고 마감일을 지키지 못했는가? 상사에게 치명적인 말실수를 했는가? 모두 그럴 수 있다. 그런 일이 생겼을 때 자존감 낮은 사람들은 자신을 비하하는 생각을 한다. '내가 그럼 그렇지.', '오늘도 또 이 모양이네.', '난 구제 불능인가 봐.' 그럴 때, 마법의 문장을 떠올리며 그 상황 자체를 그냥 인정하고 넘어가면 된다. 수긍하는 것이다. 그럴 수 있지. 그러면 어때.

대부분의 사람들은 말 한마디 하는 것으로 무엇이 바뀔 수 있느냐고 한다. 시도도 해 보지 않고 말이다. 해 보면 안다. 정말 바뀐다. 우리 엄마는 내가 어릴 때 실수를 하면 항상 나에게 말씀해 주셨다. "10번 중에 1번 넘어진 거야. 그럴 수 있지." 넘어진 나에게는 그 말이 정말 힘이 되었다. 위기와 힘든 상황에 있는 사람에게는 작은 응원과 위로도 큰 용기가 되는 법이다. 그러니 이제, 자기 스스로에게 그런 따뜻한 말을 해 줄 수 있는 사람이 되어 보자.

그 상황에서 잊지 말고 교훈을 얻어야 함은 물론이다. 앞으로는 이런 부분은 조심하자. 내가 이런 부분은 부족하구나. 이렇게 하면 다치는구나. 이런 깨달음을 실수를 통해 배우고 다시 같은 실수를 반복하지 않으려 노력하면 되는 것이다.

② 칭찬 노트 쓰기

내가 고등학생 때부터 해 온 방식인데, 지금 와서 돌이켜 보면 이것만큼 자존감을 높이는 것도 없다. 방법은 간단하다. 하루에 한 번 나에 대한 사소한 칭찬을 쓰는 것이다. 단정한 노트에 적어도 좋고 귀여운 다이어리에 해도 되겠다. 요즘은 노트, 다이어리 어플도 다양하게 있으니 자신이 가장 편하게 매일 할 수 있는 방법으로 시작하면 된다. 내가 오늘 한 것 중에 잘했다고 생각하는 것을 하나씩 적어 보자. 아주 당연한 것도 상관없다.

○ 미팅 준비를 까먹지 않고 잘했어. 난 정말 준비성이 철저해.

○ 동료의 도발에도 평정심을 유지하며 화내지 않았어. 차분하게 잘 대응했어.

○ 친구 생일 축하 선물을 보냈어. 나는 주변 사람들을 챙기는 다정한 마음을 가졌어.

○ 아침에 일어나기 힘들었지만, 늦잠 안 자고 빨리 출근했어. 정말 대단해.

○ 안 되던 필라테스 동작에 성공했어. 꾸준히 연습해서 된 거라 너무 뿌듯해.

아주 작은 일이라도 그냥 흘려보내는 게 아니라 활자로 써서 남기는 것이다. 칭찬 노트라는 이름만 들으면 조금은 유치한 것 같지만, 일단 한번 해 보길 바란다. 1줄 쓰는 데에 1분도 걸리지 않는 간단한 일이다. 그렇게 작은 칭찬들이 하루에 한 개씩 모여 1년이 흐른다면 365개의 칭찬이 나에게 쌓이고, 그 장점들이 다 모인 것이 바로 '나'인 것이다. 그리고 매일 칭찬하기 위해서 자신의 인생을 관찰하고 주체적으로 스스로를 판단하게 된다. 처음엔 잘한 일만을 쓰겠지만 나중엔 그 칭찬 노트를 채우기 위해 좋은 일을 하는 선순환이 일어난다. 하루하루 쌓이는 칭찬이 매번 똑같을 수는 없다. 그렇게 백 개, 천 개, 만 개 다양한 긍정의 문장들이 쌓이다 보면 '난 이렇게 장점이 많은 사람이야.' 하고 스스로 자신감이 붙으며 자연스럽게 이성이나 연인에게도 당당한 매력을 보여 줄 수 있는 자존감 높은 사람이 될 수 있을 것이다.

♥

대접받고 존중받는 사람이 되려면

A는 이번에도 좋은 애인을 만난 것 같다. A의 말이라면 하나하나 다 들어주려고 하고 뭐라도 하나 더 해 주려고 하고 A의 관심사에 귀 기울이며 맞춰 주는 사람. 돌이켜 보면 그랬다. A가 만났던 연인은 하나같이 A를 떠받들고 잘해 주었다. A가 특별하게 외모가 뛰어난 것 같지는 않은데, 그렇다고 상대에게 유별나게 잘하는 것도 아닌 것 같은데. 엄청난 부자도 아닌데. 항상 연인에게 대접받는 A. A에게는 좋은 사람을 만나는 비밀스러운 방법이라도 있는 걸까?

A처럼 연인에게 항상 극진한 대접을 받는 사람을 주변에서, 미디어에서 보았을 것이다. 무슨 복인가 싶어 부럽기도 하고 저런 애인은 어디에서, 어떻게 만나는 건지 궁금하기도

하다. 사실 애인을 극진히 모시는 착한 사람이 따로 있는 것도 아니고 애인에게 대접받는 사람이 따로 정해져 있는 것도 아니다. 그 방법만 알고 실천한다면 어떤 사람을 만나든 존중받는 연애를 할 수 있다.

원론적인 방법은 매우 간단하다. 나부터 나 자신을 귀하게 여기고 극진히 모시는 것이다. 내가 남한테 대접 받고 싶은 것, 특히 내 연인, 내 남편이나 아내, 인생의 단 하나뿐인 그 사람에게 받고 싶은 대접을 스스로가 자신에게 먼저 해 주는 것이다.

이렇게 말하면 많은 이들이 이런 생각을 하곤 한다. 극진히 대접하라는 게 발을 닦아 주고 끼니마다 진수성찬을 차려주라는 건가? 그것이 아니라 자신을 사랑하고 아끼라는 뜻이다. 굳이 무엇을 해 주고 사 줘서가 아니라 마음속 깊은 곳으로부터 자신을 귀하게 여기는 마음을 느끼면 무엇을 '받아서'가 아니라 나를 지지해 주고 존중해 주는 존재가 있다는 것만으로 흐뭇한 느낌이 드는 것이다. 스스로가 자신을 공주님, 왕자님 모시듯이 한다고 생각하면 된다. 이렇게 설명을 들어도 극진히 모시는 게 무엇인지 잘 모르겠다면 지금부터 그 방법을 구체적으로 알려 주려 한다.

가장 먼저 긍정적으로 생각해야 한다. 뭔가 도전적인 일이 생겼을 때 '난 할 수 있다.', '다 잘될 거야.' 같은 말로 긍정적인 에너지를 몸 전체에 퍼지도록 해야 한다. 긍정 에너지, 긍정적인 미소, 긍정적인 사람이 좋다는 건 아주 뻔한 말 같지만 잘 생각해 보면 막상 매사에 긍정적인 태도를 취하고 있는 사람은 별로 없다. 잠시 뒤돌아보자. 위기에 처했을 때 당신은 긍정적인 말부터 떠올렸는가? 항상 긍정적인 태도와 행동을 취했는가?

'아시아의 별'이라는 호칭을 얻을 만큼 성공한 가수 보아는 어려운 안무를 배워야 할 때, 단 한 번도 자신이 그것을 해내지 못할 거라는 생각을 해 본 적이 없다고 한다. 연습을 해 보기도 전에 '못 할 거야.'라고 생각하면서 포기한 적이 결코 없다고. 일단 해 보는 거다. 당연히 될 테니까. 이런 멋진 마음가짐을 가지고 있었기에 어린 나이에 데뷔하여 정상의 자리에 오를 수 있었던 것 아닐까? 나를 가장 잘 아는 사람이 나이기 때문에, 타인은 속일 수 있어도 스스로는 속일 수 없다. 그런 자신에게 이렇게 긍정적인 말을 할 때 삶 전체를 긍정적으로 바라볼 수 있고 내가 아닌 다른 사람들도 긍정적으로 대할 수 있게 된다.

반대로 이야기하면 부정적인 말이나 신세 한탄을 하지 말아야 한다는 뜻이기도 하다. '이것 봐. 이럴 줄 알았어. 내가 그럼 그렇지.', '난 진짜 운이 없어. 나는 항상 형편없는 사람만 만나고 인복이 없어…' 이렇게 푸념만 하는 신세 한탄은 대접받지 못하는 사람들의 전형적인 버릇이다. 그들의 신세 한탄은 비교에서부터 비롯된다.

연인에 대해 항상 불평불만을 하는 사람은 대부분 전 애인들, 친구의 애인, 소설이나 드라마 속 등장인물 등과 끊임없이 비교를 한다. '왜 데이트에 식당 예약도 안 해 놨지? 전에 만났던 사람은 다 예약했었는데. 이 사람은 너무 계획성이 부족해.', '기념일 선물이 이게 뭐야. 센스가 그럼 그렇지.' 굳이 입 밖으로 소리 내어 말하지 않더라도 부정적인 생각은 표정, 말투, 제스처 등으로 드러나 상대에게 전달되기 마련이다. 이런 것이 바로 일상 속에서 긍정 에너지를 갉아먹는 비교이다. 내가 그 얘길 들은 연인이라면, "그럼 나 말고 다른 사람 만나." 라고 말하고 속 시원히 헤어질 것이다. 이런 불만을 가진 사람에게 뭔가를 해 주고 보람을 느낄 수 있을까? 이렇게 부정적인 생각과 말을 하는 이에게는 작은 것이라도 대접해 주고 싶은 마음이 싹 사라지게 되는 것이다. 결국 대접받지 못하여 손해를 보는 것은 불평불만을 하는 당사자뿐이다.

연인에게 존중받고 대접받기 위해 하지 말아야 할 두 번째는 '자기 비하'이다. 남에게 대접받고 싶다면 당연히 자신을 높은 곳에 올려놓아야 하는데 습관적으로 자책하고 비하하여 자신을 낮추는 사람들이 있다. '내가 문제야.', '나는 이래서 안 돼.' 본인의 단점을 드러내고 자존감 없음을 티 내는 모든 말과 행동은 주변에 귀인이 생길 수 없게 만드는 전형적인 특징이다.

대화를 하다가 분위기가 어색할 때 본인을 낮추는 말로 다른 사람들의 위로의 리액션을 바라며 농담인 듯 자기 비하를 하는 경우도 있다. "내가 원래 좀 못생겼잖아ㅋㅋ", "나 인기 없는 게 뭐 하루 이틀인가ㅎㅎ" 진지하게 비하하는 것이 아니라 웃으면서 이야기하기 때문에 본인이 본인을 낮추고 있다는 것조차 인지하지 못한다. 가볍든 무겁든, 웃으면서 얘기하든 진지하게 얘기하든 내용의 본질이 자신을 괴롭히는 것이기 때문에 남에게 대접받고 싶다면 절대 해서는 안 될 말이다. 그런 말을 자주 하는 사람은 그 어떤 타인에게서도 절대 극진히 대접받을 수가 없다.

자기 비하를 자주 하는 사람들은 으레 타인의 위로를 기대하곤 한다. "아니야. 네가 왜 못생겼다고 생각해.", "그렇지 않아, 왜 그런 말을 해?", "그런 생각하지 마." 등. 자기 비하를 듣게 된 상대방은 대개 이런 반응을 보일 테니까. 그것으로부터 타인에게 동정이나 위로를 받을 수는 있겠지만 그것들은 결코 스스로 깎아내린 자존감을 올려 주지 못한다. 스스로를 낮추는 말과 행동은 저세상 먼 바깥으로 던져 버려라. 자기가 자신을 귀히 여길 때, 다른 사람들도 나를 고귀한 사람이라고 생각하고 배려와 대접을 해 준다는 것을 잊지 마라.

마지막으로 감사하는 마음을 가지고 그것을 표현해야 한다. 이 또한 삶의 긍정적인 태도와 일맥상통한다. 남편이 아내를 위해 꽃을 사 왔다. 아내는 말한다. "돈 아깝게 이런 걸 뭐 하러 사 왔어. 생활비도 모자란데…. 그냥 환불하자." 여자 친구가 좋은 레스토랑을 예약했다고 기대해도 좋다고 한다. 그런데 막상 가 보니 가격만 비싸고 음식 맛은 평범한 데다가 서비스도 별로다. 남자는 말한다. "여기 그저 그런데? 예약까지 하면서 올 곳은 아닌 것 같아."

남편이 왜 아내에게 꽃을 선물했을까? 여자 친구는 왜 레스토랑을 예약했을까? 자신이 사랑하는 사람이 기뻐하길 바라는 마음과 그런 연인의 모습을 보는 행복, 그 순간의 감정을 바라는 것이다. 연애에서 큰 원동력은 사랑하는 사람이 행복해하는 모습을 보는 것이다. 자신으로 인해 기뻐하고 자신에게 고마워하고 행복한 미소를 지어 준다면 우리는 그것으로부터 만족감과 사랑을 느낀다. 그러니 연인으로부터 무언가를 받았다면 고마움을 듬뿍 표현하고 일단 그 사람의 예쁜 마음을 충분히 즐겨라.

생활비가 부족한 상황에서 꽃을 사는 것이 사치스럽게 느껴질 수 있다. 환불해서 그 돈으로 한 끼 식사를 하는 게 어쩌면 실리적으로는 맞는지도 모른다. 레스토랑에 가 보니 정말 별로였을 수도 있고 이런 곳에 다시는 오지 말자는 게 틀린 말은 아닐 것이다. 그러나 관계적인 측면에서 봤을 때 그것을 준비했을 연인의 마음을 위해서 만족도가 낮았더라도 고마운 마음을 표현하고 칭찬할 줄 알아야 한다.

"오늘 꽃 받아서 행복하고 기뻐. 방 안의 공기가 달라지는 것 같아."

"당신이 나를 위해서 이렇게 준비해 준 게 너무 행복하고 고마워."

활짝 웃으며 이런 말로 감사를 표현하면 상대는 자신이 준비한 것에 대한 만족과 보람을 느낄 것이다. 듣기만 해도 이 사람에게 뭐든 해 주고 싶지 않겠는가? 의외로 많은 사람이 자신이 베푸는 것들을 상대가 너무 당연시 여기고 고마워하지 않아서 고민하고 서운함을 느낀다. 조금이라도 같이 있고 싶어서 집까지 데리러 가고 데려다주고, 맛있는 것 먹이고 싶어서 밥을 사 주고, 문을 열어 주고 짐을 들어 주는 등 소소한 배려의 행동들. 그런 행동이 거창한 보답을 바라고 한 것은 아닐 것이다. 그러나 그것을 너무나 자연스럽고 당연하게 여기는 뻔뻔한 태도가 연인에게 실망감을 안겨 주고 결국 더 이상 아무것도 해 주고 싶지 않게 만들어 버린다. 사랑이 담긴 배려를 너무나 당연하게 생각한다고 상대가 느끼게끔 한다면 그 배려를 받아 온 사람이 반성해야 하는 것 아닐까?

"그러면 말끝마다 고맙다고 말하면 되나요?" 이렇게 묻는 사람이 있을 것이다. "진짜 고마워.", "정말 감사해요." 이런 말은 당연히 해야 하는 것이다. 하지만 이런 단순한 감사의 표현을 반복하다 보면 곧 질리기도 하고 자칫하면 진심처럼 느껴지지 않을 수도 있다. 그렇다면 어떻게 감사함을 표현하면 좋을까? 연인이 무엇을 원하는가를 생각해 보면 방법을 찾을 수 있다. 연인은 자신이 노력한 걸 진심으로 알아주기를 바란다.

어느 날 문득 연인에게, "오늘은 내가 자기 동네로 갈게."라고 말해 보자. 그리고 만나서는 손을 꽉 잡고, 혹은 세게 끌어안으면서 이렇게 말하는 것이다. "오늘 와 보니까 거리 진짜 멀구나. 자기가 평소에 이 길을 혼자 돌아갔을 생각하니까 마음이 너무 아파. 항상 힘들었지?" 이 말을 들은 상대는 어떤 감정을 느낄까? '내가 힘들었던 것을 다 알아주는구나.' 하고 깊은 감동을 느끼면서 자신의 마음을 알아주는 이 사람을 위해 더 잘해야겠다고 다짐한다. 뭐 더 해 줄 게 없을까 찾느라 고민할 것이다. 계속 나에게 뭔가를 해 주려 하고, 나를 대접해 줬으면 좋겠고, 나에게 기쁨을 주려고 노력하는 연인을 보고 싶다면 무언가를 받았을 때 설사 그게 지나친 낭비거나 어떤 이유로 탐탁지 않다고 해도 그 마음만으로 감사함을 가지고 듬뿍 표현해 주자.

기본적으로 타인에게 대접받는 사람들은 그들만의 아우라가 있다. 재산을 얼마나 가졌는지 얼마나 외모가 매력적인지 얼마나 학력이 좋은지가 중요한 것이 아니다. 그들은 자신을 귀히 여기고 자기 자신의 가치를 높이면서 남도 배려하는 사람들이다. 내가 소중하듯 남도 귀히 여기며 삶을 긍정적으로 바라보는 사람이다.

대접받고 싶다면 '내가 꽃이니 너도 꽃이다.'라는 마음으로 나를 귀히 여기는 만큼 상대에게도 잘해 주자. 잘해 줬을 때 보답하는 사람이 있고 오히려 만만히 보는 사람도 있는데, 혹시 후자에 해당하는 사람이 있다면 그때 관계를 정리하면 된다. 고마운 줄 모르고 더 바라기만 하는 사람과는 거리를 두고 나 자신도 그런 사람처럼 굴고 있지 않은지 항상 살펴보자.

연인은 언제나 서로 더 잘해 주려고 해야 한다. 받았으면 그보다 더 주려고 하고, 그렇게 보답받은 쪽은 더욱 잘해 주려고 하고. 그러면서 사랑이 깊어져 가는 게 아름다운 연애 아니겠는가. 나를 귀하게 여기는 사람에게 100배로 보답하듯 한없이 잘해 주자. 그게 귀히 대접받고 사는 길이다.

♥

건강한 연애를 위한 조건

연애를 시작하는 건 쉽다. 아무런 준비가 없어도 연애를 할 수는 있다. 가볍게 소모적으로. 마치 소꿉놀이를 하는 듯한 연애는 아무 이성이나 붙잡고 '오늘부터 1일' 하면 되는 거니까. 그러나 그런 연애는 삶을 풍요롭게 하지 못하고 결국 돈과 에너지, 시간을 낭비하게 된다. 우리가 하고 싶은 연애는 건강하고 행복하고 바람직한 연애일 것이다. 그런 진지한 연애를 바라다 보면 시작이 어려울 수밖에 없고 상대를 고르는 조건도 까다로워지기 마련이다. "존경할 수 있는 남자를 원해요. 학벌은 무조건 서울 상위권 대학이요. 전문직이면 좋고요.", "저는 무조건 예쁘고 어려야 해요. 현명하고 재테크에 관심이 많으면 좋겠어요."

하지만 정작 본인은 그 조건에 부합하지 못하는 사람들이 많다. 본인조차 연애할 준비가 안 되어 있으면서 상대에게 지나치게 많은 것을 바란다. 건강한 연애를 위해서는 스스로 얼마나 준비가 되었는지부터 살펴봐야 한다. 이것은 비단 연애만의 준비라기보다 어쩌면 나 자신을 위한 준비일 것이다.

외로울 때 연애하지 말라는 말을 들어봤을 것이다. 연애는 외로워서 하는 것 아닌가? 왜 외로울 때 연애하지 말라고 하는 것일까? 외로울 땐 누구라도 옆에 있었으면 좋겠다고 생각한다. 애정에 결핍이 있으면 아무에게라도 공감받고 싶고 스킨십으로 그 빈 구석을 채우려 한다. 이런 마음 상태일 때는 사기꾼의 말에도 쉽게 넘어가고 악마의 속삭임도 구별하지 못한다.

그러지 않기 위해서는 연애에 대한 뚜렷한 가치관이 있어야 한다. 결혼을 염두에 둔 진지한 만남을 하고 싶은 건지, 비혼주의로 시작해서 비혼주의로 끝나는 연애를 원하는 건지, 그저 외롭기 때문에 사람이 고픈 건지. 연애를 통해서 얻고 싶은 것은 무엇이고, 그 끝에 어떤 결실이 있었으면 좋겠는지 등 연애에 대한 관점이 뚜렷해야 한다. 연애를 하다 보면 헤어질 수도 있고 매번 좋은 사람만 만나게 되는 건 아니다. 그럴 때 자신의 가치관이 뚜렷해야 올바른 상황 판단을 할 수 있다. 어떤 가치관을 가지라고 하나하나 정해 줄 수는 없다. 각자가 처한 상황에 따라, 그동안 겪어 온 연애 히스토리에 따라, 인생관에 따라 다를 테니 어떤 것이 옳고 그르다고 말할 수도 없다. 단지 본인 스스로가 왜 연애를 하려는 건지, 연애를 통해 얻고자 하는 게 무엇인지, 본인이 지향하는 바람직한 연애란 무엇인지를 충분히 고민하고 뚜렷하게 기준을 세워 두는 것이 필요하다.

두 번째, 자기 주관이 있어야 한다. 이것은 일종의 규칙이다. 스스로 정한 규칙에 따라 사람을 만나고 관계를 맺을 때 좋은 인연을 만날 확률이 높다. 연애할 때 상대가 이것만은 꼭 지켜 줬으면 좋겠다든지 이런 덕목은 꼭 갖추었으면 좋겠다든지 이런 것은 용서할 수 있지만 어떤 것은 도저히 참을 수 없다든지 하는 것들. 이러한 기준이 없으면 만나는 사람에 따라 주관이 이리저리 흔들려 상대에게 한껏 휘둘리기도 하고 화를 내야 할 때 내지 못하며 끊어 내야 할 인연을 끊지 못하기도 한다.

무조건 자신만의 기준을 고집하며 상대를 그 틀에 끼워 맞추라는 얘기가 아니다. 사랑한다면 서로 맞춰 가고 상대에 의해서 변화하기도 해야 하는 건 당연하다. 그러나 최소한의 룰이 있어야 한다는 것이다. 이러한 주관을 가지기 위해서는 나에 대한 것부터 알아 가는 탐구의 시간을 가져야 한다. 내가 어떤 것을 선호하고 어떤 것을 싫어하는지, 어느 정도까지 견딜 수 있는지, 내 가치관에서 어떤 것들이 우선순위를 차지하고 있는지를 알아야 그 연애의 규칙을 세울 수 있을 것이다.

세 번째, 과거의 트라우마와 불안에서 벗어나야 한다. "○○ 씨는 왜 연애 안 하세요?"라고 물어보면 과거 연애의 트라우마에서 비롯된 나쁜 기억 때문이라는 사람들이 예상외로 많다. 상대가 바람을 피우는 모습을 직접 목격했다, 환승 이별을 당했다, 잠수 이별을 당했다, 뻔뻔하게 거짓말을 하고 배신을 했다 등…. 과거 연애와 상처에 묶여 있으면 새로운 사람을 만났을 때 상대를 '의심'하는 불상사가 일어난다. '이 남자도 지금은 나에게 잘하지만 결국 언젠가 나를 떠나겠지.', '왜 핸드폰을 들고 나가지? 바람난 것 같아.', '뭐야, 요새 갑자기 너무 잘해 주는데? 전 남자 친구랑 패턴이 비슷해.', '지금 하고 있는 말도 혹시 거짓말인 거 아냐?' 건강한 연애를 위해서는 연인을 선입견 없이 존중하고 사랑해야 하는데 그게 불가능해지는 것이다. 그런 의심과 불안은 본인에게도 그 관계에도 좋은 점이 단 하나도 없다. 의심한다고 해서 바람피울 사람의 바람을 막아 주는 것도 아니고, 불안해한다고 떠날 사람이 떠나지 않는 것도 아니다. 오히려 상대가 잘해 주고 사랑해 주는 순간순간을 받아들이지 못하고, 행복을 충분히 느낄 수 없는 불완전한 연애를 하게 될 뿐이다.

온 마음을 다해 사랑을 쏟아붓고 잘해 줬던 경험이 있는 사람은 상대와 이별하면 엄청난 배신감을 느낀다. 그리고는 '잘해 주면 떠나가. 일부러 튕기고 마음을 안 줘야 해.'라는 왜곡된 인식이 자리 잡는다. 다시 똑같은 상처를 입고 싶지 않고 배신당하고 싶지 않기 때문에. 그러나 새로 만난 연인은 방어적인 태도를 보고는 '재고 따지는 걸 보니 진심으로 사랑하지 않는구나.'라고 느끼고 만다. 새로 온 소중한 인연을 이런 식으로 놓쳐 버리는 것이다. 과거의 상처에 묶여 있는 사람은 어떤 사람을 만나도 건강한 연애를 하지 못한다. 트라우마나 편견이 아직 깨지지 않은 채로 시작한 연애는 굉장히 힘들어질 수밖에 없다. 건강한 연애를 위해서는 과거의 아픔을 청산하고 그것에 사로잡혀 있지 않은 상태를 만들어야 한다.

사랑에 트라우마가 있는 사람들이 이해는 된다. 그 상처가 얼마나 깊고 큰 충격을 받았겠는가. 그러나 이것이 밖으로 표출되는 순간, 상대방은 그런 상처까지 감당하려고 하지 않을 것이다. 과거의 아픔은 스스로 극복하는 수밖에 없다. 더 많은 연애와 경험을 통해서 스스로 바뀌어야 한다. 사람은 모두 다르고 그때의 사랑이 지금의 사랑이 아님을 깨우쳐야 한다. 상처 입은 많은 사람을 봐 왔고 상담을 해 왔지만 백날 말해 줘도 소용없다. 스스로가 바뀌어야 하고 본인의 경험으로 그 트라우마를 직접 깨뜨려야만 한다.

네 번째, 주변 환경을 바꾸어야 한다. 만나는 사람마다 변변치 않고 형편없었다면, 지향하고 바라는 연애와는 거리가 먼 시시한 연애만 해 왔다면, 한두 번이 아니라 매번 그런 패턴이 반복되고 있다면. 그렇다면 혹시 자신에게 뭔가 문제가 있지는 않은지 점검해 보아야 한다. 내가 어울리는 친구들, 자주 가는 공간, 이성을 대하는 태도, 내 모습, 내 말투, 내 주변 환경을 냉정하고 진지하게 점검해야 한다.

세상에는 다양한 사람들이 무작위로 섞여서 살아가는 듯 보이지만, 자세히 살펴보면 우리는 서로 무리를 지어서 살아간다. 좋은 사람은 좋은 사람끼리, 나쁜 사람은 나쁜 사람끼리. 온갖 사건 사고, 데이트 폭력, 성범죄, 사칭, 가스라이팅, 사기, 절도, 배신…. 이런 것들은 모두 어둠의 무리에 속한 사연이다. 그리고 우리가 꿈꾸는 화목한 가정, 예쁘게 사랑하는 커플, 우러러보게 되는 노부부 등 이런 사람들은 좋은 사람들의 무리에 속해 있다. 내가 어떤 사람을 만나게 되는지는 내가 속한 주변 환경에 의해서 정해지게 된다. 안 좋은 사람들만 나에게 다가온다면? 내가 그런 사람을 끌어당기고 있는 건 아닌지, 그런 사람을 만날 수밖에 없는 환경은 아닌지 살펴봐야 한다. 다양한 원인이 있을 수 있으니 치밀하게 분석해 볼 필요가 있다. 원인을 찾아내서 해결하고 바꾸어 나가야 한다. 그래야만 건강한 연애를 시작할 수 있다.

다섯째, 자기 관리를 잘해야 한다. 자기 관리란 포괄적인 의미로 더 나은 삶을 살기 위해 자신의 건강, 체력, 이미지 따위를 가꾸고 살피는 일을 말한다. 친구든 직장 동료든 자기 관리를 잘하는 사람이 가까이에 있으면 좋은 영향을 받기 마련이다. 하물며 나와 가장 가까이에 밀착해 있는 연인이 자기 관리를 잘한다면 서로 좋은 영향을 줄 수밖에 없다. 그래서 건강한 연애를 위해서는 자기 관리를 잘하는 것이 중요하다. 자기 관리라는 개념 안에는 여러 항목이 포함되겠지만 연애에 있어서 많은 부분 영향을 줄 수 있는 외적인 측면을 우선으로 생각해 볼 수 있다.

연애를 시작함에 있어서 외모 관리는 필수적이다. 성격이나 능력과 같은 내면적인 부분이 좋은 사람이어도 외모 관리가 안 된 사람을 선뜻 남에게 소개해 주기는 사실 어려운 일이다. 나는 그 사람이 좋은 사람이라는 것을 알지만, '소개'라는 제한된 상황에서는 일단 외모가 상대의 마음에 들어야 할 테니까. 누군가는 외모를 너무 중요시 여기는 것 아니냐, 사람마다 취향은 다른 것이라고 말할 수 있다. 맞는 말이다. 뚱뚱한 여자를 좋아하는 남자도 있고, 삐삐 마른 남자를 좋아하는 여자도 있으며, 옷을 촌스럽게 입어도 귀여워하고, 여드름이나 각질이 많아도 개의치 않는 사람들도 분명 있다.

그러나 수월하게 연애를 시작하려면 어느 정도 대중의 보편적인 취향의 범위를 맞추는 것이 유리하다는 의미이다. 일단 외모에서 거부감이 들지 않아야 그 사람의 내면과 매력을 알아갈 기회가 많아지는 건 사실이다. 기본적인 자기 관리가 되어 있어야 소개팅을 받든, 주변의 이성에게 매력을 어필하든 할 수 있는 것이다. 그리고 그렇게 관리된 상태일 때 본인도 자존감 높고 자신감 있는 태도로 사람을 대하게 된다.

자기 관리라는 건 마음만 먹으면 언제든지 시작할 수 있고 누구든지 노력하면 가능한 것이다. 자기 관리가 안 되었다고 판단된다면 성급하게 연애부터 시작하려 하지 말고 본인의 모습을 하나씩 바꾸어 보자. 아름다운 시절에 연애를 하고 결혼하는 것을 꿈꾼다면 당연히 그런 상태의 '나'를 만들어 두어야 한다. 단, 중요한 것은 남들과 비교하지 말고 자신이 할 수 있는 최대치의 자신을 만드는 것이다. 가장 최선의 상태인 나를 만드는 것을 목표로 나의 최대치를 끌어내 보자.

연애를 시작하기 전
아주 사소한 꿀팁

　소개팅을 앞두고 있거나 썸이 생겼다면, 혹은 썸을 만들고 싶거나 소개라도 받고 싶다면 카카오톡 프로필을 밝은 것으로 바꾸는 게 좋다.

　프로필 사진은 개인의 개성을 드러내는 것이기 때문에 누군가의 눈치를 봐야 하거나 남이 바꿔라, 바꾸지 말아라 첨언할 영역은 아니다. 그러나 '연애'를 하고 싶다는 조건이 있다면 카톡 프로필을 밝게 바꾸는 것이 단연코 유리하다. 우울한 이미지, 지나치게 골몰하는 감성의 글귀, 한쪽으로 편향된 성향을 암시하는 이미지 등의 카톡 프로필로는 상대에게 신나고 즐겁고 밝은 이미지를 주기 어렵다. 카톡 프로필은 누구에게나 호감을 줄 수 있는 활짝 웃는 사진이나 활동적인 사진인 것이 좋다.

이미지를 억지로 밝게 바꾸고 싶지 않다면 차라리 프로필을 아무것도 해 놓지 않는 게 낫다. 카카오톡 프로필은 불특정 다수가 보는 자신을 대표하는 이미지인 만큼, 특히나 연애를 앞둔 사람이라면 공개적으로 부정적인 감정을 지나치게 드러내지 마라. 사소하지만 기본이다. 카톡 프로필은 우울하게 해 놓지 말고 밝게 바꾸어 상대에게 첫 이미지를 밝게, 최소한 무난하게 심어 주자.

♥

남자들이 반하는
매력 있는 여자

"쟤는 여우야." 여자들 사이에서는 그다지 좋지 않은 의미로 쓰이는 말이다. 하지만 여우 같은 여자를 남자들이 더 좋아한다는 말을 들어 봤을 것이다. 남자가 말하는 여우와 여자가 말하는 여우. 둘은 어떤 차이가 있을까? 남자가 말하는 여우는 여우 '같은' 여자고, 여자가 말하는 여우는 '여우짓'을 하는 여자다. 비슷한 것 같지만 서로 다르다. '여우녀'가 가지고 있는 편견은 보통 이런 것이다. 못됐다, 이기적이다, 남을 배려하지 않는다, 남자를 갖고 논다…. 이것들은 다 오해이다. 남자들이 좋아한다는 여우 같은 여자는 당당하게 관계를 주도하는 자존감이 높은 여자이다. 여자들이 나쁜 남자를 좋아하는 묘한 심리가 있는 것과 유사하다. 여자들이 좋다고 하는 소위 나쁜 남자가 실제 범죄자는 아닌 것처럼.

여우녀의 반대 개념으로는 '착한 여자'를 들 수 있다. 사실 연인이 착하면 좋은 것이다. 당연히 착한 남자가 좋고, 착한 여자가 좋다. 여기에서 포인트는 착한 사람인지, 착해 '빠진' 사람인지이다. 착한 여자는 좋지만 착해빠진 여자는 질린다. 시소는 평행하게 있을 수 없고 어느 한쪽으로 기운다. 모든 인간관계는 시소와 같아서 완벽하게 동등하지 않고 이쪽으로 기울다가 저쪽으로 기울다가 하면서 에너지를 주고받게 된다. 모든 관계가 그러하니 연인 관계도 당연히 한쪽으로 기울 수밖에 없는 것이다. 이 시소 같은 관계에서 여우 같은 여자는 자신의 매력과 높은 자존감으로 관계를 이끌어 가고, 착해빠진 여자는 상대에게 끌려다닌다.

착해빠진 여자가 자주 하는 말을 살펴보자. "나는 당신한테 부족한 사람이야.", "전 여친은 어땠어? 나보다 예뻤어?", "오늘은 왜 연락 안 했어?", "당신은 나에게 과분해." 하루 종일 연인의 연락만 기다리며 일거수일투족을 다 알고 싶어 한다. 연인의 편의에 다 맞춰 주려고 항상 대기 상태이니 친구도 없고 취미 활동도 없으며 자기 계발도 안 할뿐더러 회사도 칼퇴하고 집에 와서 그 남자만 기다리고 있다. 그래서 착해빠진 여자는 연인으로 하여금 궁금할 틈을 주지 않는다. 자신의 심리 상태를 다 알려 주고, 마음을 다 보여 주고, 상대에게 의존하고 집착한다. 이러니 어떤 이성이 매력적으로 여기겠는가. 외모만 예쁘면 다 좋아한다는 것은 완벽한 오해다. 아무리 외모가 뛰어난 여자도 이런 태도를 보이면 매력 없고 질리게 느껴진다.

여우 같은 여자는 반대로 상대를 캐는 것이 아니라 자신을 조금씩 오픈한다. 나는 이런 사람이고 이런 매력이 있어. 좋으면 만나자, 싫으면 말고. 이런 마음가짐으로 상대를 대한다. 연애를 시작해도 애인은 애인일 뿐이다. 즉, 수많은 인간관계 중에 하나라는 것이다. 물론 그중에서도 각별하고 특별한 관계인 것은 맞지만 직장 동료, 동창, 동호회 친구와 같이 인간관계의 한 종류로 연애를 생각하는 것이다. 그러니까 그것에 연연하거나 집착하지 않는다. 이런 여자는 남자들의 호기심을 자극하고 궁금증을 증폭시킬 수밖에 없다. 저렇게 당당하고 자존감 높은 여자가 나한테 헌신적이면 어떨까? 남자들은 그 순간을 상상하면서 그 여자한테 빠지게 된다. 여우 같은 여자는 남자의 애정에 함몰되거나 관계를 확정 짓지 않으며 감정을 모두 드러내지 않는다. 하지만 정작 남자를 만나면 즐겁게 웃고 친절하게 대하고 티키타카도 재미있게 잘한다. 그 간극이 남자를 더 안달 나게 만든다. '만났을 때 표정, 말투는 나를 좋아하는 거 같은데 왜 연락은 잘 안 되지?', '왜 나에 대해서 궁금해하지 않지?' 남자는 그 여자에게 미칠듯한 매력을 느끼며 도리어 그 여자가 궁금해진다.

여우 같은 여자들은 자기 관리도 철저하다. 억지로 한다기보다 습관으로 몸에 배어 있다. 외모가 특출나게 예쁘다는 의미가 아니다. 인기 많고 매력적인 여자들이 100이면 100 다 예쁜지 잘 살펴보라. 특출난 외모를 가졌음에도 불행한 연애, 파탄 난 결혼 생활을 하는 사례들도 심심치 않게 볼 수 있고, 그다지 눈에 띄는 외모가 아니어도 사랑받으며 행복하게 잘 사는 사람들도 많이 있다. 이들의 공통점은 '못생겼다는 소리는 안 들을 정도'로는 가꾼다는 것이다. 그렇다고 외모에만 집착을 하는 것도 아니다. 매력 있는 사람은 자존감이 높기 때문에 그 자체로 빛이 나는 것이다.

착해빠진 여자가 여우 같은 여자가 되려면 방법은 딱 한 가지이다. 자기 삶을 사는 것이다. 연애를 시작했다고 해서 주변 친구들, 지인들과 연락을 끊지 마라. 바보 같은 짓이다. 연애를 하더라도 여전히 친구를 만나고 취미 활동을 하고 회사에서 열심히 생활하고 운동도 해라. 그러면서 연인을 만날 때는 그 시간을 충분히 즐겨라. 충분히 사랑하고 충분히 대화하고 서로 비전도 공유하면서 그렇게 서로의 삶을 존중한 채 관계를 이어 나가는 연습을 해야 한다.

7:3의 법칙

　연애를 할 때는 늘 '7:3의 법칙'을 지키길 바란다. 연애하면서 소모하는 것의 비중을 나에게 7, 상대에게 3의 비율로 할애하는 것이다. 감정, 시간, 금전, 마음, 노력, 체력 등 모든 것에 적용을 해 보자. 이 법칙을 지켜야만 이 연애를 하면서도 자기 자신을 잃지 않을 수 있고 내가 가진 고유의 것이 변하지 않을 수 있다. 혹여나 상대와 인연이 닿지 않아 이별을 하게 되더라도 잃는 것이 적어 훨씬 극복하기가 쉽고, 다시금 만나기를 원하더라도 모든 것을 다 바친 연애보다는 재회에 성공할 확률도 월등히 높아진다.

　연애의 단맛에 취해 자신의 전부를 상대에게 줘 버리고 모든 것을 내던지지 마라. 오히려 상대는 질려 버려서 당신을 점점 밀어낼 것이다.

♥

상처받지 않는 연애

사랑을 기반으로 하는 연인 관계에서 갑과 을로 나누려고 하는 건 어리석은 일이다. 그럼에도 불구하고 관계에서 자신이 을이 됐다는 느낌을 받는 경우가 분명히 있다. 지금보다는 더 사랑받고 존중받고 싶다는 마음이 드는 연애. 인격적인 무게는 동등할지언정 관계의 권력은 동등할 수가 없다. 앞서 말했듯 인간관계는 시소와 같아서 어딘가로 무게가 기울어 있는 것이 당연하다. '을의 연애'를 한다는 건 상대가 자신을 무시한다는 느낌을 받거나 그 사람에게 끌려간다는 느낌을 받는 것이다. 비단 연인 관계에 국한된 이야기가 아니라 회사 사람들, 친구들, 혹은 어떠한 모임에서 빈번하게 무시당하는 느낌을 받는 사람이 있다. 어디에서나 발언권을 펴지 못하고 우물쭈물하게 되고 위축된다면 꼭 알려 주고 싶은 사실이 있다.

상대가 당신을 존중하지 않는 이유는 당신이 스스로를 존중하지 않기 때문이다. 상대에게 무엇을 요구할 때는 본인 스스로가 그것을 행하는 것이 우선이다. "네 방 좀 치워."라고 명령하려면 내 방이 먼저 깨끗해야 한다. "너 좀 씻고 다녀." 라고 말하려면 내 몸이 깨끗해야 한다. 마찬가지로 "나를 존중해 줘."라고 말하려면 내가 나를 존중하고 있어야 한다는 것이다. 이것을 당연한 전제로 놓고 생각을 이어 가 보자. 상대에게 내가 나를 존중하고 있다는 것을 어떻게 알려 줄 수 있을까?

첫째는 '아무거나'라는 말을 하지 않는 것이다. 상대의 물음에 '아무거나'라고 대답하는 것은 전적으로 스스로를 무시하는 행위이다. '아무거나'라고 대답하는 이유가 뭘까? 자기가 자신의 취향을 모르기 때문이다. 내가 나를 몰라서야 되겠는가? 자신이 좋아하는 게 무엇인지, 싫어하는 게 무엇인지, 어떨 때 행복하고 즐거운지, 어떨 때 슬프고 화가 나는지, 무엇을 원하는지, 무엇을 꺼리는지. 정확하게 자신에 대해서 파악을 하고 있어야 스스로를 존중한다고 말할 수 있고 그것에 맞추어 상대방에게 배려와 존중을 바랄 수 있는 것이다.

자신의 취향을 앎에도 불구하고 '아무거나'라고 말하는 사람이 있다면 그 이유는 자신의 의견과 생각을 잘 표현할 줄 몰라서이다. 상대의 눈치를 보는 것일 수도 있다.

"뭐 먹으러 갈래?"
"아무거나. 자기가 먹고 싶은 거."

"우리 어디서 뭐 할까?"
"아무거나. 당신이 하고 싶은 거."

착해 보이는가? 하지만 이건 착한 게 아니라 그냥 의견이 없는 사람일 뿐이다. 혹은 의사 결정의 부담을 상대에게 떠넘기는 무책임한 사람이다. '아무거나 빌런'이 되면 처음에 의사 결정을 할 때는 굉장히 순조로울지도 모른다. 한 명이 의견을 말하면 다른 한 명은 수긍하고 그게 바로 결과에 반영이 되니까. 하지만 그런 상황이 반복되다 보면 더 이상 아무도 당신의 의견을 묻지 않는다. '아무거나'라는 대답이 누적되어 '어차피 아무거나 해도 되는 사람'으로 인식이 박히는 것이다. 이것은 비단 식사 메뉴나 데이트 코스 같은 사소한 일에 국한되는 것이 아니다.

여자는 삼수를 했고 남자는 먼저 대학에 입학하여 대학 생활 중인 커플이 있었다. 여자는 세 번째 수능을 본 후 남자 친구한테 물었다. "나 어느 대학에 입학 원서 넣을까?" 남자 친구가 지나가는 말로 "1등 신붓감은 선생님이지."라고 대답했다. 그래서 여자는 사범대에 원서를 넣었다. 삼수까지 할 정도로 간절했던 대학 입학인데. 교사를 한 번도 꿈꿔 본 적이 없음에도 미래와 직업조차 연인의 발언으로 결정해 버린 것이다. 취향이나 의견이 없는 것을 넘어 인생에 대한 최소한의 책임감도 없는 것이다. 이러한 사태가 벌어진 것이 남자 잘못이라고 할 수 있을까? 전적으로 자기 의견 없이 남자의 말을 따른 여자의 잘못이다.

하고 싶은 것이 있다면 "나 이거 하고 싶어."라고 당당하게 말하자. 무엇을 하고 싶은지 모르겠다면 '나는 무엇을 하고 싶을까? 무엇을 좋아할까?' 고민해 보자. 의견을 말하는 것이 어려울 수도 있고 서로의 의견이 다르다는 이유로 갈등이 있을 수도 있지만 그 과정에서 타협을 하는 것 또한 연애의 일부이다. 본인의 의견만을 관철하고 아집을 부리라는 얘기가 아니다. 누군가 자신의 의견을 물었을 때, 혹은 의견을 먼저 말할 기회가 주어졌을 때, 내 취향에 대해서 당당하게 말할 수 있어야 된다는 것이다. 존중이라는 건 그 사람의 의견을 믿고 따라 주는 것이므로 아무 의견도 없는 사람은 절대로 존중받을 수 없다.

두 번째, 여러 가지 콘텐츠를 생성할 수 있어야 한다. 쉽게 말해 다양한 주제로 상대와 티키타카가 잘 돼야 한다는 것이다. 잘 만나고 있는 커플, 오래 사귄 연인, 사이 좋은 노부부를 보면 이야기가 끊이질 않는다. 그들은 서로의 일상 속에서 콘텐츠를 생성할 수 있는 능력이 있는 것이다. 그러려면 여러 가지 정보들을 다양하게 흡수해야 한다. 정치, 시사, 사회, 연예, 재테크 등 관심을 두는 분야가 넓어야 한다. 거창할 필요 없다. 전문적인 지식을 요구하는 것도 아니다. 단지 다방면으로 이야기가 통할 정도로 세상일과 서로의 삶에 관심을 가지고 그 정보를 흡수해야 한다는 것이다. 상대가 화두를 던졌을 때 매번 아무것도 모른 채 "어? 그게 뭔데?"라고 반응하면 상대로부터 무시를 당하게 되는 것이다.

세 번째, 스스로 잘났다고 생각해야 한다. 이쯤 되면 센스 있는 당신은 이미 눈치챘을지도 모른다. 이 모든 것은 자존감이 높아야 가능한 일이다. 모든 부분에서 우수하고 잘나야 한다는 의미가 아니다. 세상에서 가장 초라한 사람은 다름 아닌 스스로가 초라하다고 느끼는 자격지심이 가득한 사람이다. 요즘 현대인들이 불행하다고 느끼는 가장 큰 이유는

SNS 때문이다. SNS가 없던 시절에는 주변의 동네 사람들과 비교하는 게 전부였다. 그러나 SNS가 발달한 이후로는 전국을 넘어 전 세계의 사람들을 볼 수 있으니 비교의 범위가 넓어져 버렸다. SNS를 보면 나만 빼고 다 부자고, 다 잘났고, 다 행복하다. 그러니 '비교의 눈'을 가진 사람은 스스로가 너무 형편없어 보일 수밖에 없고 자격지심이 생겨 불행해진다. 스스로가 형편없다고 생각하니 그 관계에서 당당하게 힘을 가질 수가 있겠는가?

요새 사람들에게 선호하는 연인의 조건을 써 보라고 하면 단골로 등장하는 항목이 'SNS를 하지 않는 사람'이다. 이제 많은 사람이 SNS를 중독적으로 하면 비교하는 습관과 자격지심을 갖게 된다는 것을 경험을 통해 알게 된 것 같다. SNS의 순기능도 물론 있지만 자신의 자존감이 완전히 형성되지 못하고 자꾸만 남과 자신을 비교하며 자신이 형편없는 모습을 가지고 있다는 생각이 들면 SNS는 끊는 것을 추천한다. 질투, 비교는 멀리할수록 좋다. 그래야 자존감을 높일 수 있고 주눅 들지 않는 떳떳한 연애를 할 수 있다.

앞서 말한 이 3가지 조건이 어렵게 느껴질 수 있다. 그러나 잘 지킨다면 연인뿐 아니라 다른 사람들에게 존중받는 사람이 될 수 있는 방법이다. 자신에게 온전히 집중하다 보면 연애, 사랑, 존중 모두 따라오게 된다. 끌려다니는 연애, 뭔가 지는 것 같은 느낌이 드는 연애 말고 당당하게 사랑받고 떳떳하게 사랑을 주는 연애를 하길 바란다.

을의 연애 체크 리스트

지금 을의 연애를 하고 있는 건 아닐까? 현재의 연애도 점검해 보고 과거의 연애도 돌이켜 보자. 아래 항목에서 절반 이상 체크 되었다면 존중받지 못하는 연애를 하고 있다고 판단해도 좋다.

☐ 상대방의 스케줄에 맞추어 데이트를 한다

☐ 받는 것보다 주는 게 편하다

☐ 서운한 게 많아도 표현하지 않고 꾹 참는다

☐ 언제나 연인의 대기조이고 그와의 약속 위주로
　 일정을 정한다

☐ 상대가 싫어하는 일은 내가 맞다고 생각해도
　 절대 하지 않는다

☐ 속마음을 말하지 않고 상대가 알아서 내 마음을
　 알아채길 바란다

남녀 관계에서 갑과 을이 정해진다는 것은 슬픈 일이다. 그중에 가장 슬픈 사실은 결국 갑은 을을 떠나게 되어 있다는 것이다. 왜냐하면 을이 가치가 없어 보이기 때문이다. 자신의 가치를 높이는 걸 연애보다 우선시하자. 스스로 자존감을 높이자. 그것이 존중받는 연애를 하는 본질적이고 유일한 방법이다.

♥

괜찮은 인연을 알아보는 방법

많은 이들이 '괜찮은 사람'을 바란다. 괜찮은 인연만 나타나면 정말 진심으로 사랑해 줄 준비가 되었다면서. 그러나 우연히 어떤 사람을 만났을 때 괜찮은 사람인지 아닌지를 구별할 수 있는 눈이 없다면 괜찮은 인연이 나타나도 그냥 놓쳐 버리고 말 것이다. 그렇다면 어떤 사람이 괜찮은 인연일까? 능력, 얼굴, 몸매, 성격, 학벌 등 개인마다 괜찮은 사람을 분별하는 여러 기준이 있겠지만 내가 생각하는 괜찮은 인연이란 '이성으로서' 좋은 사람이다. 좋은 애인, 좋은 배우자가 되어 줄 수 있는 조건을 갖춘 사람.

'연애일 뿐인데 그냥 느낌 가는 대로, 본인 취향에 맞는 사람 만나면 되는 거 아닌가? 굳이 왜 조건을 재고 따져야 하지?' 하고 가볍게 생각하는 사람들이 있을 수 있다. 혹은 단순히 끌린다는 이유 하나로 좋지 못한 사람인 걸 알면서도 관계를 이어 나가며 건강하지 못한 연애를 하는 이들이 많이 있다. 좋지 않은 사람을 만나면 연애를 통해 배울 수 있는 것도 별로 없고 자존감도 낮아지고 트라우마가 남기도 한다. 괜찮은 사람을 만나야 그 연애에서 실패를 하더라도 무언가를 배우고 그것을 통해서 다음에는 더 좋은 사람을 만날 수 있으며 아름다운 관계였기에 이별에도 최선을 다할 수 있는 것이다. 이렇게 좋은 사람과의 연애 과정 전반을 통해 스스로가 성장하고 좋은 사람이 될 수 있기에 괜찮은 사람을 만나서 연애해야 한다고 말하는 것이다.

괜찮은 사람은 자신이 소중한 만큼 상대도 소중히 여긴다. 누구나 세상 누구보다 나 '자신'이 제일 귀한 법이다. 그런데 그런 자신과 나를 동등하게 소중히 여겨 주는 사람이 있다면, 그 사람이 바로 괜찮은 사람인 것이다. 여기에서 포인트는 자기'만큼'이다. 자기 '보다' 소중하게는 아니다. 상대를 자기보다 소중히 여기는 사람은 감정이나 분위기에 휩쓸려 중심을 잡지 못하고 흔들릴 가능성이 높다. 순간의 감정이나 곧 변화할 환경이 아닌 '나'에게 집중하는 사람이 좋은 사람이다. 분위기나 무드에 취해 다가오는 것이 아니라 오로지 본질적인 나에게 집중하는지를 잘 살펴봐야 한다. 나에게 집중하는 사람은 당연하게도 내 가치관, 내 개성, 내 취향 등 나만이 가지고 있는 그 무엇을 파악하려고 한다. 그리고 그것들을 가지고 있는 '고유한 나'를 소중히 여겨 준다. 반면 분위기에 휩쓸리거나 감정에 치우쳐 다가오는 사람은 비슷한 감정이나 분위기를 느낄 수만 있다면 내가 아닌 다른 사람에게도 똑같은 관심과 호감을 보일 것이다. 굳이 내가 아니어도 되는 것이고, 그렇기 때문에 나를 그다지 소중히 여기지 않을 사람이다.

괜찮은 사람을 구별하기 위해서는 가정 환경도 반드시 체크해야 할 부분 중 하나이다. 오해하지 말아야 할 것은 가족 구성원의 수나 출신, 집안의 재산 등을 보라는 의미가 아니라는 것이다. 현대에는 가족의 형태가 다양해졌다. 구성원이 2명일 수도 5명일 수도 있고, 한부모 가정일 수도 있고 다문화 가정일 수도 있다. 중요한 것은 가정 환경이 그 사람의 성격에 어떤 영향을 끼쳤는지를 보는 것이다. 예를 들어 폭력적인 아버지를 둔 형제가 있다고 가정해 보자.

한 명은 어릴 때부터 가정 폭력을 보고 자란 탓에 '그 아버지에 그 아들'이라고 생각될 만큼 그 성향을 똑같이 답습할 수도 있다. 반면에 다른 한 명은 어린 시절부터 폭력으로부터 엄마를 보호해야 된다는 강한 책임감을 가지고 자신은 절대 아버지 같은 사람은 되지 말자고 다짐하여 가정적이고 다정한 사람이 될 수 있다. 후자의 경우 아버지가 폭력적이라 하더라도 행복한 가정을 꾸리고 잘 살아갈 수 있을 것이다. 반대로 매우 부유하고 유복한 가정에서 자랐다고 하면 모난 구석이 없으리라 생각할 수 있지만, 특정한 이유로 가족들을 기피하거나 가정에 전혀 소속감을 느끼지 못하는 사람도 있을 수 있다.

이 사람이 어떤 사고방식과 생활 양식을 가졌는지는 가정환경에 큰 영향을 받는다. 다만 영향을 받는 방식은 개인마다 다를 수 있으니 그 가정의 문화를 개인이 어떤 식으로 흡수하였는지를 면밀하게 살펴봐야 한다. 보편적으로는 물론 좋은 가정 환경에서 자란 사람이 좋은 성격과 가치관을 지녔을 확률이 높다. 그러나 유복하게 자랐어도 삐딱선을 타는 사람이 있고, 결손 가정이라도 부족함 없이 사랑할 준비가 된 사람이 있다. 편견을 가지지 말고 가정이 그 사람의 사고에 어떤 영향을 미쳤는지를 미리 체크해 보는 것이 좋다.

같은 맥락으로 그의 친구들을 살펴보는 것도 괜찮은 사람을 구별하는 좋은 방법이다. 애인이 친구가 많으면 아무래도 모임도 많고 그 안에서 사건 사고가 생기기도 하며 자신이 속속들이 알 수 없는 영역이 존재한다는 사실 때문에 싫을 수 있다. 그러나 반대로 친구가 한 명도 없다면? 그것도 그 것대로 문제다. 친구가 있다는 것은 건강한 사회성을 가졌다는 증거이다. 친구들에게 마음 터놓았을 것이고 즐거운 일과 기쁜 일, 힘든 일을 함께하며 추억을 쌓아 왔을 것이다. 그래서 애인의 친구를 확인하는 건 그 사람을 알아 가기 위해 중요하고도 꼭 필요한 일이다. 가정 환경은 본인이 선택한 것도 아니고 의지로 바꾸기도 어려운 것이지만 친구 관계는 그 사람의 선택으로 온전히 만들어 낸 것이라서 어찌 보면 가정 환경보다 더 극명히 한 사람의 성향을 드러낸다고도 생각할 수 있다.

연인의 진짜 친한 친구를 만날 때는 단순히 그 친구들에게 자신이 어떻게 비칠지 생각하며 웃고 떠드는 것에만 집중하면 안 된다. 친구들이나 그 무리가 사회적으로 용납하기 어려운 행동을 하는지, 혹은 내가 납득하지 못할 만한 사고방식을 가진 건 아닌지 대화를 하다 보면 느낄 수 있을 것이다. 그것을 사소하게 취급하거나 대수롭지 않게 넘기면 안 된다.

정말 괜찮은 사람이라면 그런 이를 친구로 둘 확률이 극히 낮을 테니 말이다. 친구들만 그렇지 자기는 다르다는 말도 믿을 수 없는 것이다. 아리스토텔레스는 '친구란 두 사람의 신체에 사는 하나의 영혼'이라고 말했고, 공자는 '군자는 함께 거처하는 자를 삼가니 그 사람을 모르겠다면 그 벗을 보아라.'라고 말했다. 그 사람이 향기로운 사람인지 아닌지는 그와 오래 함께해 온 사람들의 향기로써 알 수 있는 것이다.

♥

꺼려지는 게 있는 사람은
만나지 마라

연애를 하다 보면 사소한 일로 다투게 된다. 말하기도 유치한 이유로 서운하다고 삐지기도 하고 얼토당토않은 오해로 인해 토라지기도 한다. 서로 달래 주고 화해하며 다시 알콩달콩하게 지내는 것이 또 연애의 묘미일 것이다. 그러나 삐지거나 다투는 정도를 넘어 연인에게 실망을 하게 될 때도 있다. 심지어는 서로 싸운 것도 아닌데 나 혼자 상대의 어떤 모습을 보고 실망하기도 한다. 이럴 때 보통은 좋아하는 마음과 순간의 즐거움 때문에 '뭐, 이 정도는 괜찮겠지.', '별거 아니겠지.' 하고 대수롭지 않게 넘기곤 하지만 이런 태도는 행복한 연애를 하기 위해서는 절대 해선 안 될 행동이라고 말하고 싶다.

오랜 기간 연애를 하고 결혼을 하려면 마음에 확신을 주는 사람을 만나야 한다. 최소한 마음에 걸리는 것은 없어야 한다. 그런데 이미 의심이나 꺼림칙한 부분이 있는 채로 깊은 관계를 이어 간다는 것은 언제든 터질 수 있는 폭탄을 안고 살아가는 것과 다를 바 없다. 오랜 시간 연애하고도 결혼한 후 피 터지게 싸우고 쉽게 이혼하는 이유도 대부분 결혼 전에 이런 면을 체크하지 못해서이다.

인간의 본성을 확인하려면 그 사람이 취했을 때를 유심히 봐야 한다. 믿을 만한 사람인지, 후에 큰 문제는 없을지 알아보려면 반드시 술버릇을 확인해야 하는데 그것을 확인하는 사람은 극히 드물다. 그 중요성에 대해서 모르는 것이다. 심지어는 분명히 불미스러운 일이 있었음에도 '술김에 한 실수'라는 이유로 쉽게 용서를 해 주기도 한다.

술로 인해서 많은 사건 사고들이 발생한다. 연인들은 '이성'과 '술' 때문에 많이 싸우는데, 둘은 떼려야 뗄 수 없는 관계다. 술이 있는 곳에 이성이 있고, 이성을 유혹하기 위해 술을 마신다. 술을 마셔서 이성理性이 흐릿해졌을 때 이성異姓 문제를 일으킬 사람인지 아닌지 알아볼 수 있다. 또 술을 마시고 운전을 하려는 사람들도 있다. 음주 운전 습관이 있는 사람은 절대로 좋은 사람일 수가 없다. 얼마 안 마셨다는 핑계로, 아직 안 취했다는 핑계로, 단속이 없다는 핑계로 음주 운전을 하는 사람은 언제든 큰 사고를 저지를 준비가 된 사람이다. 이 외에도 술을 마시고 나면 폭력적으로 변한다든가 절제 없이 퍼마시고 만취하여 인간답지 못한 모습을 보인다든가 감정적으로 힘든 것을 술에만 의존하려 한다든가…. 술로 인해서 생길 수 있는 문제들은 많이 있다. 예부터 장인어른이 사윗감에게 술을 취할 때까지 먹여 보는 관례가 괜히 있는 게 아니다. 술로 인해서 이성 문제, 범죄, 사고를 일으키고 음주 운전을 하는 사람은 정말 나를 사랑하는 사람이 아니다. 사랑하는 사람에게 잘 보이고 싶고 책임져야 하는 사람이 있는 이가 그렇게 행동할 수 있을까? 그런 사람은 끝까지 함께할 수 있을 만한 사람이 아니다. 술에 취했다는 이유로 가볍게 생각하지 말고 그런 행동을 보였을 때 진지하게 그 관계를 다시 생각해 봐야 한다.

아파트를 올려다보면 수많은 창문의 수만큼 수많은 가정이 살고 있다. 그리고 모든 가정은 저마다의 갈등이 있다. 겉으로, 혹은 일순간 보기에는 활짝 웃으며 행복해 보이지만 절대 항상 그럴 수는 없는 법이다. 모두에게는 각자의 불행이 있다. 그러나 그 불행에 지지 않으려 극복하고 갈등을 조율하면서 살아가는 것이다. 연인 관계에서도 어떤 식으로든 어려움과 갈등이 생길 텐데, 그때 상대가 그것을 어떻게 극복해 나가는지를 잘 확인해야 한다. 싸우고 나서 어떻게 갈등을 푸는지, 다툼 이후 관계를 회복하는 과정을 A부터 Z까지 꼼꼼하게 살펴봐라. 갈등이나 위기가 발생했을 때 오히려 '그래, 이 사람이면 믿고 가도 되겠다.'라는 확신이 드는 경우가 있고, 이것을 계기로 '이 사람은 함께하기 어렵겠다.' 결정되는 경우도 있다. "생각할 시간이 좀 필요할 거 같아."라면서 관계 회복에 적극적이지 않은 회피형일 수도 있고, 치솟는 감정에 따라 욕설하고 윽박지르고 손가락질하며 폭력적으로 변하는 사람일 수도 있다. 겉으로는 쿨하게 아무렇지 않은 척하지만 그 문제를 계속 되짚으며 문제 삼는 뒤끝이 긴 유형일수도 있고, 갈등의 원인을 파악하고 대화로써 그것을 풀어 가려는 사람도 있을 것이다. 사람마다 다양한 양상이 있고, 어떤 유형이 좋고 나쁜지는 말하지 않아도 이미 당신이 잘 알고 있을 것이다. 당신과 잘 맞는 유형인지, 용납할 수 있는 범위의 사람인지를 갈등을 계기로 잘 살펴보면 좋겠다.

연애를 하면서 '이게 맞는 것인가?' 의심이 드는 지점이 있다면 그 사람을 다시 한번 객관적으로 보려고 노력해 보라.

당장 데이트하는 즐거움, 알콩달콩한 소꿉놀이하는 재미, 관계가 주는 안락함에 빠져 당신의 진짜 마음을 무시하지 말길 바란다. 중요한 것은 앞으로 나와 함께 미래를 그려 나갈 수 있는 좋은 사람인지 판단하는 것이다. 마음에 꺼려지는 게 있다면 그 소리를 무시하지 마라. 어쩌면 그게 진짜 맞는 마음일지도 모른다.

♥

그가 나를
소중히 여기고 있다는 증거

　연애에서 자신을 표현하고 상대도 존중해 주는 것은 좋은 관계를 유지하기 위한 필수적인 덕목이다. 누구에게나 자신만의 가치관과 취향이 있다. 정도의 차이는 있을지언정 좋아하는 것과 싫어하는 것이 있는데 이것을 표현하는 방식이 관계의 지속을 결정하기도 한다. 아집을 부리고 자기주장이 지나치게 강력하면 당연히 갈등이 자주 생길 수밖에 없기에 이런 경우는 흔히들 알아서 조심하고는 하지만, 반면에 취향에 대해서 표현하지 않는 것은 대수롭지 않게 여기는 경향이 있다. 그러나 이 경우도 관계에 좋지 않기는 매한가지이다. "저는 이런 것을 선호해요.", "이런 건 불편하더라고요." 이렇게 표현을 해 주면 조심하고 맞추려고 노력할 텐데 이런 이야기를 일절 하지 않는 사람은 속으로만 상대를 잣대질하고 평가하려는 경향이 있을 수 있다. 상대가 표현도 하지 않은 부분에 대해 알아서 다 맞춰야 하기 때문에 관계를 지속하기가 매우 어렵다. 게다가 상대가 어떤 행동을 했을 때 속으로만 '아, 난 저런 거 싫어하는데. 저 사람은 아웃이다.', '나랑 잘 안 맞네. 이 사람은 아닌 거 같아.'라고 판단하고 조율의 과정 없이 순식간에 관계를 끊어 버린다. 아무 이야기도 듣지 못한 채 정리당한 사람만 어안이 벙벙할 뿐이다. 그래서 자신에 대해서 이야기하지 않고 대화로써 조율하는 방법을 모르는 사람과는 오래 관계를 지속할 수 없다. 취향이나 호불호에 대해 공유하며 맞춰 갈 준비가 되어 있고 자신의 가치관에 대해서 정확하게 얘기하는 사람. 이런 사람이 뒤끝도 없고 후회도 없는 법이고 상대의 표현에도 귀 기울일 줄 아는 것이다.

"어릴 적 자장면에서 고무줄이 나왔던 기억 때문에 자장면을 못 먹어요."라고 말했을 때

A: (그 사실을 새까맣게 잊어버리고) 중국집 가서 자장면 먹을래요?

B: (기억은 하고 있으나 가볍게 여기며) 중국집에 다른 메뉴도 있으니까 괜찮죠?

C: 자장면 못 먹으니까 우리 다른 거 먹으러 가요. 피자 어때요?

셋 중 어떤 사람과의 연애가 행복하겠는가? 사소한 배려가 미래까지도 함께할 수 있을지를 판단하는 근거가 된다. 서로의 취향과 의견이 적극 반영된 즐거운 데이트를 상상해 보라. 그보다 행복한 연애는 없을 것이다. 자신의 의견을 표현하고 상대의 요구에 귀 기울이는 것은 단순히 취향 문제가 아니라 우리 관계를 존중하고 있으며, 사소한 것 하나하나 신경 쓰는 마음이 있다는 방증이다.

같은 맥락으로 취향뿐 아니라 자신의 감정도 잘 표현하는 사람이 나를 소중히 여기는 사람이다. 특히나 '고마움'과 '미안함'을 표현하는 것에 인색한 사람과는 건강한 연애를 하기 힘들다. 연애를 하다 보면 자신의 사랑을 표현하기 위해, 그리고 사랑하는 마음이 넘쳐흐르기 때문에 상대에게 크고 작은 호의를 베풀고 자신을 희생하기 마련이다. 식당에서 숟가락, 젓가락을 놓아 주고 물을 따라 주는 것, 앞치마를 가져다 주는 것, 운전할 때 추울까 봐 시트를 미리 따뜻하게 켜 두는 것, 위험하거나 거친 길로 가지 않도록 안쪽으로 끌어 주는 것, 어울릴 만한 옷을 보면 사다 주는 것, 맛있는 요리를 해 주는 것, 약속 시간에 늦었더라도 화내지 않고 기다리는 것 등. 이런 행위를 주고받는 것이 연애에서 많은 장면을 차지하고 있다. 그렇기에 사소한 일에 고마움과 미안함을 잘 표현하는 사람과의 연애는 행복하다. 그것이 사랑의 표현임을 알아주는 것이고 자신이 받은 것을 예사로 흘리지 않고 눈여겨본다는 것 자체로 기쁨과 위안이 된다.

반면에 말하지 않아도 자신의 마음을 상대가 알 것이라 생각하며 표현을 절제하는 사람이 있다. "무뚝뚝해서 원래 그런 거 잘 못 한다."라는 핑계로 고맙다, 미안하다, 사랑한다는 말을 하지 않는다. 마음을 계속 표현하는데 돌아오는 게 없으니 밑 빠진 독에 물 붓는 것처럼 마음을 주는 것이 아무 소용이 없는 것 같아 연애를 하면서도 외로워진다.

고맙다, 미안하다, 사랑한다 말하는 것이 별거 아닌 것 같지만 일종의 습관이기 때문에 이런 사람들은 연인에게뿐 아니라 그런 표현이 늘상 행동에 배어 있는 경우가 많다. 그래서 평상시나 돌발 상황에도 그런 표현을 자연스럽게 하는지 살펴보길 바란다. 그럴 때 본연의 진짜 모습이 나오기 마련이므로. 지나가는 사람과 실수로 부딪쳤을 때 사과를 하는지, 친절한 종업원에게 고마움을 표하는지를 말이다. 그 모습으로부터 나에게 표현하는 것들이 연애 초반에만 잘 보이기 위한 잠시의 위선인지 아니면 진심으로 평생을 그렇게 말해 줄 사람인지를 알 수 있을 것이다.

팍팍하고 정 없는 세상이다. 개개인의 이익만을 바라며 살아가는 삶 속에서 사랑하는 사람과의 감정적 교류는 차가운 세상을 견디게 하는 한 줄기 온기가 아닐까. 작은 일에도 고마워하고, 잘잘못을 따질 시간에 서로 미안해하고, 서로가 서로의 짐을 들어 주는 것. 다름 아닌 그것이 진정한 사랑일 것이다.

인내심을 테스트하지 마라

좋은 사람인지 알아봐야 한다는 명목하에 의도적으로 상대의 심기를 건드리며 연인이 어디까지 참는지 확인해 보려는 사람들이 있다.

약속 시간에 일부러 늦으며 언제까지 기다리는지 지켜본다든지. 곤란할 걸 알면서도 자신이 있는 쪽으로 당장 와 달라고 한다든지. 자신의 잘못인 걸 알면서도 사과하지 않으면서 오히려 상대가 사과하도록 한다든지.

막 대했는데도 상대가 참고 있다면 둘 중 하나이다.

바보이거나, 벼르고 있거나.

바보와 사랑을 할 것인가? 벼르고 있는 사람에게 호되게 당할 것인가?

"그 사람은 진짜 착해. 내가 소리 질러도 화도 안 내고 바보처럼 꾹 참아."

아니, 그러다가 반드시 나중에 터진다. 괜찮은 사람은 일방적으로 나의 패악을 견뎌 주는 호구 같은 사람이 아니다. 서로의 감정을 공유하고 이해하며 소통을 통해 좋은 관계를 만들어 갈 수 있는 사람이 진정 좋은 사람인 것이다.

♥

인연은 반드시 있다

진짜 괜찮은 사람을 만난다는 게 생각만큼 쉽지 않다. 왠지 눈에 들어와 꼼꼼하게 살피다 보면 꼭 결격 사유가 걸린다. 허우대가 멀쩡해 보여 다가갔는데 가치관이 정상이 아니고, 가치관이 나와 잘 맞는 것 같아서 다가갔는데 결혼할 준비가 하나도 안 되어 있고, 직업이 좋고 성격도 괜찮나 싶으면 외모가 너무 내 취향이 아니고…. 나이가 들수록 더 없을 수밖에 없다. 오죽하면 "30대 괜찮은 이는 이미 누가 채어 갔거나 죽었거나."라는 농담이 있을까. 그렇다고 괜찮은 사람이 아예 없는 건 아니다. 인연은 있다. 그 확률은 점점 낮아지더라도 어딘가에 반드시. 그런 사람을 찾을 가능성을 조금이라도 높이려면 일찍부터 보석을 캐듯 괜찮은 인연을 채굴해야 한다.

괜찮은 사람을 만나기 위해 가장 먼저 해야 하는 일은 다름 아닌 '주제 파악'이다. 못된 말 같다고 생각할 수 있지만 사실이다. 사람들은 자기 자신을 정말 잘 모른다. 내가 어떤 사람을 원하는지, 어떤 사람과 인연을 맺기 어려운지, 또 나는 객관적으로 따졌을 때 어느 정도의 위치인지. 이런 것들을 전혀 알지 못하는 상태에서 느낌만으로, 혹은 우연에 기대어 사람을 만나려 한다. 실제로 내가 보기에는 두 사람이 잘 어울리기도 하고 만나 보면 좋을 듯하여 서로 소개해 주려고 하면 "제 스타일 아니에요.", "제 취향이 아니에요." 하면서 무조건 거절하는 사람이 많다. '괜찮다'의 기준은 정량적으로만 측정할 수 있는 게 아니라서 정성적 관점이 필연적으로 개입된다. '괜찮은'이라는 조건은 사람마다 다 달라서 맛집 평가보다도 훨씬 주관적이다. 그러다 보니 자기 주제 파악도 못 하면서 괜찮은 사람을 만나고 싶다는 말은 모순이다.

　그럼 주제 파악은 어떻게 하면 될까. 먼저, 자신이 생각하는 괜찮은 사람의 기준들을 하나씩 나열해 본다. 예를 들면 직업, 학벌, 외모, 경제력, 성격, 집안 등이 있을 수 있겠다. 그다음 내가 이성을 볼 때 적용하는 기준에 동일하게 자신을 비추어 보는 것이다. 최대한 객관적으로. 상대가 안정적인 직업을 가지기를 원한다면 내 직업의 안정도는 어느 정도인지 생각해 본다. 상대에게 기대하는 재력 수준이 있다면 내가 가진 자산은 규모가 얼마인지 체크한다. 다정하고 희생적인 상대를 원한다면 나는 상대를 위해 어느 정도까지 헌신할 수 있는 성격인지를 생각해 보는 것이다. 이런 과정을 통해 과연 내가 어느 정도인지 현재의 위치를 파악할 수 있다. 한 가지 팁을 주자면 정말 괜찮다고 생각했던 이성과 3번 이상 커플이 되지 못했거나 결별했다면 눈이 높다고 진단 내릴 수 있다. 이런 경험이 있다면 지금 알려 준 방법을 통해 자신의 현재 위치를 우선적으로 파악하고 그에 맞는 사람을 찾는 게 좋겠다.

남자든 여자든 간에 이러한 기준에서 금전적인 것이 빠질 수 없다. 사랑만으로는 살 수 없다는 것은 이미 대부분 인정하는 사실이기 때문이다. 그러므로 미친 듯이 돈을 벌어라. 너무 강하게 말해서 깜짝 놀랐는가? 하지만 아무리 강조해도 지나치지 않을 만큼 중요한 충고이다. 전문성을 갖추고 최선을 다해 노력하여 능력 있는 사람이 돼야 한다. "외모만 훌륭하면 되는 거 아닌가요?" 아직도 연애와 결혼에서 외모가 전부라고 착각하는 사람이 있다면 얼른 생각을 고치길 바란다.

외모는 예선전일 뿐이다. 괜찮은 사람일수록 외모보다 그 외의 것을 더 중요하게 여긴다. 상대의 외모만 보는 사람은 수준이 딱 그 정도인 것이다.

그러니 '어디서 괜찮은 인연을 만날까.' 궁리나 하면서 값비싼 브런치를 먹으며 희희낙락 수다 떨 시간에 열심히 일하고 본인의 능력을 키우는 것에 집중해라. 능력 있는 사람 곁에는 자연스레 사람이 모여들기 마련이기에 만날 수 있는 이성의 범위가 훨씬 넓어진다. "어디 가야 이성을 만날 수 있을까?"가 아니라 좋은 이성이 저절로 주위로 모여들고, 내가 인연을 선택하는 입장이 될 수도 있다는 것이다. 돈은 사람을 배신하지 않는다. 노력해서 일궈 놓은 능력도 나를 배신하지 않는다. 만약 연애나 결혼에 실패하더라도 자기 능력을 키우고 돈을 버는 것 자체는 절대 손해 보는 일이 아니다. 그러니 쓸데없는 소비, 시간 낭비, 에너지 낭비하지 말고 열정적으로 살면서 그 과정에서 생성되는 수많은 기회, 그것을 잡아라.

♥

괜찮은 사람을 끌어당기는 환경

주제 파악이 끝났다면 그다음으로는 주변 상황을 바꾸는 작업을 해야 한다. 여태 좋은 사람을 만나지 못했다면 내가 놓여 있는 환경이 '좋은 사람을 만나기 어려운 환경'이라는 말 아닐까? 그렇다면 목적을 달성할 수 있을 만한 곳으로 옮기 거나 주변 환경을 적극적으로 바꾸어 나가려고 노력해야 한 다. 여태껏 만나 왔던 사람들만 만나고 비슷비슷한 상황에 놓인 사람들끼리만 교류하고, 그 안에서 서로 의논하고 조언 하고 충고하고, 울고불고…. 여태 그래 왔다시피 그런다고 나 아지는 건 없다. 자신과 같은 상황에 놓인 사람들과만 만나 니 발전이 없는 것이다. 가령 결혼도 하지 않았고 주제 파악 의 단계는 자체 스킵해서 상대를 고르는 눈만 높아 재고 따 지는 모임. 만나면 이성에 관한 얘기는 주구장창 하지만 막상 아무도 연애는 못 하는 그런 모임. 그곳에서 계속 얘기해 봤자 좋은 인연은 만나지 못한 채 눈만 높아지는 것이다.

그렇다면 어떤 환경에 자신을 두는 게 가장 좋을까. 자신이 그리는 이상향 같은 삶을 이미 살고 있는 사람을 가까이 할 수 있는 환경이다. 돈 많은 배우자와 결혼하고 싶은가? 그럼 돈 많은 사람과 결혼한 사람과 가까이해야 한다. 다정한 사람과 서로 의지하며 감정적으로 안정을 주는 가정을 꾸리고 싶은가? 그럼 오순도순 다정하게 잘 살고 있는 부부의 조언을 들어야 한다. 애인과 싸우면 꼭 친구들에게 하소연하고 서로 조언해 주곤 한다. 물론 기댈 데가 마땅치 않고 물어볼 사람도 없으니 그런다는 것은 안다. 그러나 나와 상황이 비슷한 친구한테 물어봤자 그 친구도 뾰족한 수는 없을 것이다. 그러지 말고 자신이 정말 존경할 만하고 '이 사람처럼 살고 싶다.' 생각이 드는 사람에게 조언을 구해라. 그런 사람에게 다가가라. 자신보다 나이가 어리든 많든 상관없다. 다른 사람들의 온갖 이야기 말고 내가 원하는 삶을 이미 살고 있는 그 사람 말에만 귀를 기울여라. 그 사람은 반드시 지향점을 마련해 줄 것이다.

대부분은 모든 것을 고루고루 다 갖춘 사람을 만나고 싶어 한다. 그런데 그게 참 어렵다. 돈만 많은 사람은 만나기 쉽고 잘생기기만 한 사람도 여기저기 많다. 그런데 '고루고루 괜찮은 사람'은 아무리 둘러봐도 없다. 어느 정도의 큰 키, 어느 정도의 못생기지 않은 얼굴, 어느 정도 먹고살 만한 경제력, 어느 정도의 학벌, 어느 정도의 집안, 어느 정도의 성격…. 있을 듯하면서도 없는 게 이런 사람이다. 최상급을 바라는 것도 아닌데 모든 면에서 중간 이상을 갖춘 사람은 이상하게도 보이질 않는다. 바로 이러한 기준을 확고하게 고집하기 때문에 괜찮은 이성을 만나기 어려운 것이다.

"그럼 이런 조건을 다 갖추지 못한 부족한 사람하고 연애를 하라는 건가요?"

내가 말하고자 하는 것은 수많은 조건을 다 따지기보다는 자신이 정말 포기 못 할 한두 가지 조건을 제대로 갖춘 남자를 만나라는 뜻이다. 강을 건너기 위해서 반드시 모든 돌을 다 밟아야 하는 것은 아니다. 흔들리지 않는 돌 한두 개면 충분하다. 포기할 수 없는 한두 가지 조건은 개인의 가치관 문제이기 때문에 본인이 충분히 고민하고 선택해야 한다. 내 기준에서 정말 포기 못 할 것은 무엇인가. 포기할 것은 포기하고, 취할 것을 취하는 것. 이러한 선택과 집중이 좋은 사람을 찾아내는 시간을 단축할 수 있는 방법이다.

♥

원석을 보석으로 다듬어 가기

'이 또한 지나가리라.'

인생은 생각보다 길다. 어렵고 힘든 일이 생기면 인생이 내내 그럴 것 같아 우울하지만 얼마 지나지 않아 어떻게든 해결이 된다. 기쁘고 좋은 일이 생겼을 때도 마찬가지이다. 언제까지고 행복할 것 같지만 곧 위기가 찾아오곤 한다. 우리는 변화무쌍한 인생이라는 바다에서 작은 배를 타고 어떻게든 항로를 개척해 나가고 있는지도 모른다. 선택의 순간에 이 사실을 기억한다면 조금은 더 나은 선택을 할 수 있지 않을까. 당장의 이익, 눈앞의 결과물에만 천착하지 않고 인생은 시시각각 변하는 바다와 같다는 것을 기억한다면 말이다.

성공한 연예인, 사업가들이 과거에 아무것도 이룬 것 없던 시절에 자신을 믿어 주고 기다려 준 아내 또는 남편에 대한 고마움을 전하는 것을 자주 볼 수 있다. 그들은 가진 것 없을 때 서로를 만나 성공을 위해 의지를 가지고 부단히 노력했고, 그 과정을 상대와 함께해 오면서 단단한 믿음과 사랑을 쌓아 왔을 것이다.

현재의 상황에서 모든 것을 다 갖추고 있는 사람만을 만나려 하지 말고, 미래에 그렇게 될 사람을 알아보는 눈을 가지는 게 현명하게 상대를 찾는 방법이다. 부모님이 물려주신 재산이 쌓여 있다 한들 그 사람이 그것을 잘 운용할 능력이 없다면 순식간에 사라져 버릴 물거품에 불과하다. 비록 지금은 아무것도 가진 게 없어도 비전이 있고 야망이 있고 성실히 노력하는 사람이라면 언젠가 그 빛을 보게 될 것이다.

특히나 젊은 나이에 이미 모든 걸 이루어 낸 사람은 극히 드물다. 그럼에도 불구하고 그 희귀종을 찾느라고 시간을 버리고 있는 것이다. 우연히 만나기도 힘든데 마음이 맞아 연애하고 결혼해서 잘될 확률은 더 낮다. 그 낮은 확률에 기대기보다 '괜찮아질 가능성이 보이는 사람'이나 '다른 사람보다 조금 더 나은 사람'을 찾아라. 그 정도는 분명히 당신 주변에 있다.

'가능성'에 배팅하라. 단순히 예를 들어 야구 선수를 만나고 싶으면 야구 훈련을 하고 있는 사람을 찾아보는 것이다. 의사만을 만나려 하지 말고 의대생을 만나보는 것이다. 성공한 사업가를 만나려 하지 말고 야망과 열정, 비전, 성실성, 가능성을 봐라. 그의 인생에 가능성이 농후하다면 무조건 잡아야 한다. 현재 측정되는 가치보다 조금 더 멀리 미래지향적으로 보라고 얘기해 주고 싶다. 이것에는 안목이 필요한데, 자신의 안목에 자신이 없다면 그런 안목을 가진 사람에게 조언을 구해도 좋다.

성공은 결코 고요한 도착지가 아니라 지속적인 여정이다. 가능성을 가진 사람과 함께라면 당신 앞에도 항상 새로운 도전과 성취가 기다리고 있을 것이다. 그리고 그런 사람은 자신의 꿈을 위해 끊임없이 노력하는 모습이 매력적이다. 그의 마음에는 열정과 꿈에 대한 믿음으로 가득 차 있으며, 그 믿음이 서로의 삶을 더 높은 곳으로 이끌어 갈 것이다. 성공할 가능성을 지닌 사람을 미리 알아보고 함께한다면, 그 미래에 펼쳐질 성공과 성취를 함께하는 특별한 여정이 될 것이다.

의외로 괜찮은 사람

① 재미없는 사람

친구 중에서는 유머러스한 친구가 있고 조금 재미없는 친구도 있을 것이다. 재미가 없다고 친구를 못 하는 것은 아니다. 그런데 왜 유독 연인에게만 그렇게 재미와 유머러스에 집착을 하는지 모를 일이다. 재미는 개그 프로와 마음이 맞는 친구들에게서 찾아라. 연인은 진정성 있는 애정을 줄 수 있는 사람이면 된다.

② 공감과 칭찬에 인색한 사람

공감 능력이 부족한 사람과의 연애는 힘들 것이라고 생각한다. 하지만 의외로 공감 능력이라는 것은 얼마든지 학습과 훈련에 의해서 향상될 수 있다. 의외로 공감과 칭찬이 서툰 사람 중에 진국이 있을 수 있다. 다른 면들이 다 괜찮다면 훈련을 통해서 좋아질 수 있는 것에는 가능성을 열어 둬라.

③ 패션 센스가 별로인 사람

특히 나이가 어릴 때는 옷 잘 입는 사람에게 관심을 보일수 있다. 그러나 옷은 옷일 뿐, 아주 못 입어 봤자 바지에 티셔츠일 것이다. 옷은 내 취향에 맞게 내가 사 주면 된다. 직접스타일을 바꿔 주고 코디해 주면 오히려 좋을 수도 있다. (난해한 패션을 고집하는 사람은 이 항목에서 제외이다.) 스티브 잡스는 매일 똑같은 티셔츠, 똑같은 바지를 입지만 오히려그 모습이 대단하고 멋있어 보인다. 그 옷이 그의 시그니처가됐을 정도로. 사람이 멋있으면 그 옷마저 멋있어지는 것이다.차라리 패션보다는 키나 몸매 등 본태를 보는 게 낫다.

④ 나는 별로 마음이 없는데 내가 좋다고 하는 사람

'나를 좋아해 주는 사람보다는 내가 좋아하는 사람을 만나야 한다.'라는 신조가 전반적으로 퍼져 있는 듯하다. 물론이 말에 나도 동의하는 바이다. 그러나 한 번쯤은 자신의 타입이 아니더라도 진심으로 내가 좋다는 사람이 나타난다면일단 한번 만나 보는 것을 추천한다. 세상에는 수많은 각자만의 매력을 가진 사람들이 있다. 그런데 그 많은 이들을 뒤로하고 내가 좋다는 사람이니까. 심지어 거절의 표현을 했음에도 상관없이 내가 좋다는 사람이라면 '내가 그렇게 매력적인가?' 이런 생각을 하며 자존감도 살짝 높아질 수 있다. 어쩌면 그 사람이 내 가치를 드높여 주고, 진짜 나를 발견하게 해 줄 사람일 수도 있다. '날 좋아해 줬으니까 보답으로…' 이런 마음으로 시작하라는 게 아니다. 나의 어떤 면을 좋게 보고 적극적으로 마음을 쏟는 건지에 대한 궁금증과 반가움, 더불어 나를 좋아해 주는 그 진심을 소중히 다루라는 것이다. 내 취향이 아니더라도 한 번쯤은 눈 감고 만나 보는 게 어떨까.

"이런 사람이 최고다."라고 권장하는 것이 아니다. 이런 사람을 만나더라도 그냥 흘려보내지 말고 한 번 더 살펴보라는 것이다. 이러한 단점 때문에 쉽게 놓아 버린다면 나중에 진귀한 보물을 놓치고 후회할 수도 있으니 말이다.

♥

평생 나를 행복하게 해 줄 사람

나에게 무한한 관심을 주고 끊임없이 배려해 주는 사람. 모든 순간을 나와 함께하고 싶어하고 어떤 상황에서도 관계를 위해 노력하며, 어려움이 닥쳤을 때 두 손을 꼭 맞잡고 의지할 수 있는 사람. 그런 사람과 평생의 사랑을 그려 보곤 한다. 평생을 행복하게 해 줄 사람은 대부분 '항상성'을 가지고 있다.

항상성 恒常性 [명사]

생체가 최적 조건에서 벗어나는 변화를 최소화하고 안정된 상태를 유지하려는 성질. 또는 그런 현상. <표준국어대사전>

예측 가능하고 쉽게 변하지 않는다. 변하지 않는 사랑의 대표적인 예는 부모가 자식에게 주는 사랑일 것이다. 그래서

일까. 평생 변하지 않고 행복하게 사랑하는 커플을 보면 남자가 여자를 애인이나 이성의 섹슈얼한 느낌으로 대하기보다는 자신이 챙겨야 할 아기같이, 딸같이 보는 경우가 많다. 여자가 남자에게 기대고 의존해서 그렇게 보이는 것이 아니라, 그저 남자가 여자를 바라보는 눈빛과 태도가 그런 것이다. 딸이 아무리 큰 잘못을 했다 해도 딸을 버리는 아빠는 없지 않나. 딸이 뭘 해도 귀엽고 사랑스럽고 어떻게든 지켜 줘야 할 것 같은 느낌이 들듯, 평생을 변하지 않을 남자는 여자가 어떻게 행동을 하든 딸처럼 귀여워하고 용납해 주고 책임지려고 한다. 이런 관계에서 사랑은 묵묵히 지속된다. 사회적 지위, 경제적 능력, 얼굴, 키, 몸매…. 이런 것보다도 사랑 가득한 눈빛을 가지고 있는 사람과 연애하면 충만한 행복을 느낀다. 그 사랑의 깊이가 느껴지기 때문에 마음에 따스함이 서서히 스며드는 것이다.

사랑의 방식뿐 아니라 그 사람의 일상에서도 '항상성'을 갖춘 기복이 없는 사람을 만나야 행복하다. 감정이 들쑥날쑥 널을 뛰는 사람은 콩깍지가 씌었을 때는 박력 있고 매력적으로 보일 수도 있다. 팔색조 같고 새로운 면이 있다면서 좋아할 수도 있다. 하지만 연인 관계에서 예측 가능하다는 성질은 매우 중요하다. 실제로, 예측할 수 없게 갑자기 욱하거나 다정다감하다가도 기분에 따라 소리를 지르는 사람이 많다. 굳이 나한테 폭력을 쓰거나 폭언하는 것이 아니더라도 감정이 들쑥날쑥한 사람은 평생 사랑으로 적합하지 않다. 좋을 때 꽃을 주고 다정한 말을 해도 소용없다. 상대의 행동을 예측하기 어렵다면 행복할 수 없는 것이다. 감정 기복이 적은 잔잔한 사람, 조금 뻔하고 지루하게 느껴질 수도 있으나 평생을 행복하려면 잔잔한 연애를 해야 한다.

연애의 과정을 떠올려 보자. 초반에는 적극적으로 대시한다. 예쁘다, 귀엽다 칭찬을 하고 만나자고 연락하고 여자의 기분을 살피며 맞춰 준다. 여자도 그러한 남자의 태도에 서서히 마음을 열 것이다. 그러나 시간이 지나면서 이 감정의 깊이는 역전된다. "저는 너무 사랑이 깊어졌는데 남자 친구는 마음이 식었대요." 이런 사연은 정말 흔하디흔하다. 왜일까? 남자는 새로운 변화, 시각적 자극에 민감하다. 오죽하면 '남자의 이상형은 새로운 여자'라는 말이 있을까. 그러나 진국인 남자는 이러한 자극에서 오는 짜릿함만을 추구하지 않고 그 자극을 넘어 진심으로 마음을 교류했을 때 오는 안정과 따뜻함을 안다.

나쁜 남자인 줄 알면서도 끌린다는 여자들을 보면 답답하다. 좋은 사람이 아닌 줄 알면서도 마음을 멈추지 못한다는 거다. 그런 사람에게는 좋은 남자 구별하는 방법을 입이 마르도록 자세히 설명해도 소용이 없다. 나도 나쁜 남자에게 끌리는 이유를 알고 있다. 그들은 묘한 매력이 있다. 먹고 나면 위가 아프지만, 자꾸만 당기는 매운 음식처럼. 숙취에 머리가 지끈거릴 것을 알면서도 찾게 되는 술처럼 말이다.

좋은 남자들은 그들에 비해 그다지 매력적이지 않을지도 모른다. 쌉쌀한 채소를 갈아 낸 녹즙, 간을 세게 하지 않아 슴슴한 곰탕처럼. 우직하고 무던하다 보니 재미가 없을 수도 있고 언변이 화려하거나 이성을 유혹하는 특별한 기술이 있는 것도 아니다. 힙한 것하고는 거리가 멀어 조금은 촌스러워 보일지도 모른다. 그러나 이런 남자들이 진짜 보물이다. 튀지 않기 때문에 보물인지 아닌지 단번에 알아보지 못할 수 있다. 그러니 더더욱 유심히 살펴보고 다시 한번 뒤를 돌아봐야 하는 것이다.

이성에게 인기 좋은 사람들은 센스가 있고 사람 휘어잡는 스킬도 있다. 게다가 그런 사람들은 자신이 인기가 있다는 것을 알고 즐기기 때문에 소위 말하는 '연예인 병' 혹은 '정치인 병'에 취해 만인의 사랑을 받으려 한다. 실제로 그럴 능력도 있고 말이다. 굉장히 인기 많고 만인에게 평판 좋은 사람인데 나에게만 안 좋은 연인일 때 그 괴리감은 더욱 커지는 법이다. 지인 경조사가 있다고 하면 열 일 제치고 그곳에 가는 게 최우선인 사람. 굳이 안 가도 되는 자리라도 꼭 참석해야 직성이 풀리는 사람. 회사일, 사회 활동, 봉사 활동 등 온갖 활동에 참여하며 앞장서는 사람. 이런 사람이 친구들과 회사 동료에게는 최고일 수 있지만, 여자 친구에게만큼은 좋은 남자가 아닐 수 있다. 더욱 슬픈 건, 여자 입장을 이해해 주는 사람이 없다는 것이다. 다들 그런 좋은 사람 만나서 좋겠다고 부러워한다. 모든 사람이 그 남자를 칭송할지언정 남에게만 좋은 남자를 만나면 외로울 수밖에 없다.

그렇다면 반대의 경우를 생각해 보자. "다른 사람들에게는 나쁘게 대하는데 나한테만은 잘해 줘요." 이런 이성에게 끌리는 사람도 있다. 이건 좋은 연애일까? 단언하건대 결코 아니다. 그런 사람이 좋은 연인이라고 느낀다면 그건 큰 착각이다. 다른 사람들한테는 잘하지 못하는데 나한테만 잘한다는 것은 그 행동들이 어떤 목적을 가진 위선일 가능성이 크다는 의미이다. 일관성 있는 태도를 보이되 그 정도나 우선순위를 따졌을 때 나에게 가중치를 두는 사람이면 된다. 남들에겐 좋은 사람이고 나에겐 더 좋은 사람이 최고다.

평생을 행복하게 해 주는 사랑. 그것을 나누는 것은 둘 중 한 명의 자질과 노력으로만 이루어지는 것은 아닐 것이다. 당신이 그 위대한 여정을 시작할 준비가 충분히 되었다면 이제 함께해 줄 좋은 인연을 찾아 나서도 되지 않을까.

♥

현실적인 행복도 놓치지 않기를

앞서 얘기한 것들은 감정에 관련된 것들이다. 다정함과 변하지 않는 마음, 신뢰와 연대 같은 것 말이다. 그러나 사랑의 결실로서 결혼이나 동거와 같은 '평생'을 논할 때는, 사랑은 곧잘 현실이 되어 버리곤 한다. 결혼은 두 사람이 함께 손을 맞잡고 걸어가는 여정이다. 경제력은 그 여정을 안정적이고 풍요로운 방향으로 이끌어 갈 수 있는 중요하고도 필수적인 출발점이다. 경제적 안정감을 기반으로 서로를 더 여유롭게 이해하고 지지하며 미래를 행복하게 만들어 갈 수 있는 것이다.

결혼 생활의 갈등, 그리고 이혼의 원인을 살펴보면 경제적인 요소가 절대적인 비중을 차지한다. 상대의 무능력함, 실직, 경제관념 부족이나 가치관 충돌, 사업 실패 등 여러 이유가 있을 수 있다. 성별에 관계없이 살아가기 위해서는 경제적 능력을 갖추어야 한다.

경제력이 없는 사람과의 연애와 결혼은 너무나 예측 가능한 불행이 도처에 웅크리고 있다. 두 사람의 삶에 대한 장기적인 비전을 구축하기 어렵고 미래에 대한 불안은 커져만 간다. 금전적인 문제로 인해 일상적인 스트레스가 늘어나 서로 짜증 섞인 대화가 일상이 된다. 무얼 하나 결정하려 해도 돈이 부족해서 안 되는 것도 많고, 제한된 선택지 안에서 결정해야 하다 보니 두 사람 간의 의견 불일치와 갈등이 불거진다. 결국 '돈'이라는 것이 두 사람의 관계를 시험하고 서로에게 더 큰 상처를 주어 관계의 근간이 되는 사랑의 감정마저 흐려지게 만든다.

남자가 가난한데 여자도 돈이 없으면 그 커플은 궁핍한 현실과 마음으로 매일이 싸움의 연속일 것이다. 혹여 여자가 남자보다 더 잘 벌면 버는 대로 자격지심 때문에 싸우기도 한다. 경제적인 능력을 갖춘 사람과의 관계가 안정적인 이유는 절대적인 재력 덕분이라기보다는 그것을 일궈 온 '책임감' 과 '성실함' 덕분이다. 실상 가진 돈이 얼마 없다 하더라도 사랑하는 사람을, 혹은 가정을 책임지기 위해서 성실하게 열정적으로 일한다면 그것만으로 관계는 순탄하게 유지될 수 있다. 자녀가 있다면 내 아이를 먹여 살리기 위해서 아등바등 애쓰는 그런 모습을 보여 주고 가정을 위해 최선을 다한다면 함께하는 반려자도 너무나 고마우면서도 행복할 것이다. 어차피 서로의 경제 수준을 어느 정도 파악한 후에 연애하고 결혼을 결심했을 테고, 아침부터 밤늦게까지 성실하게 일한다는 것을 알고 있다면 그때는 그저 묵묵히 응원해 주고 믿어 주고 지지해 주면 될 것이다.

성실함과 책임감에 더불어 규칙적인 삶이 더해진다면 금상첨화이다. 일상 패턴이 규칙적일수록 행복지수는 높아진다. 예측 가능한 연인의 항상성이 편안함과 안정감을 가져다주기 때문이다. 마음이 편안해야 행복이 따라오는 법이다.

반면에 내가 추천하지 않는 사람은 이런 부류다. 물려받은 돈이 굉장히 많아 아침부터 밤늦게까지 놀기만 하는 사람. 한 명은 회사에서 열심히 일하다 왔는데도 그동안 아무것도 하지 않으면서 빈둥빈둥 게임만 하고 누워 있는 사람. 돈이 풍족하게 있다고 해서 이런 배우자를 지켜보는 것이 행복할까? 처음에는 재력에 혹할 수 있겠지만, 게으른 태도는 단순히 경제적인 면에서만 무책임한 것이 아니라 관계나 생

103

활에서도 마찬가지일 것이다. 협력하기도 어렵고, 공동의 목표를 달성하는 것도 어려워 사람 자체에 실망하게 될 수밖에 없다. 노력과 책임감이 부족한 사람은 결국 안정된 행복을 찾기 어렵게 만든다. 고생하면서 돈을 벌어야 좋고 편하게 벌면 나쁘다는 이야기가 아니다. 중요한 건 그 사람이 가진 능력과 책임감이라는 것이다. 그래야 그 사람을 존경할 수 있고 배울 점도 있어 함께 성장하며 튼튼한 삶의 기반을 마련해 나갈 수 있다는 것이다.

사랑은 운명의 장난처럼, 혹은 맑은 날의 소나비처럼 곧잘 감정의 충동적인 연유로 시작되곤 한다. 그러나 사랑을 키워 나가고 결실을 맺는 것은 현실적인 조건이 잘 갖추어진 안정적인 토대 위에서 가능하다. 오직 순간의 감정에만 의존하는 연애는 시간이 지남에 따라 반드시 탈이 나기 마련이다. 지혜로운 판단으로 현실적인 행복도 놓치지 않길 바란다.

♥

연인을 변하지 않게 하려면

"애인이 변했어요. 연애 초반에는 정말 다정했는데 지금은 남보다도 못해요."

나에게 상담을 해 오는 사람들의 최대 고민은 상대가 변한다는 점이다. 날이 갈수록 귀찮아하고 지겨워하는 게 눈에 보인다. 대화도 시도해 보고 달래도 보고 화도 내 보지만 결국 제풀에 지치고 만다. 그럼 친구들은 이렇게 말할 것이다.

"꼭 그 사람이어야 해? 그럴 바에야 그냥 헤어져 버려."

그러나 문제는….

"이번 애인도 또 변했어요."

새로운 사람을 사귀어도 별반 다르지 않다는 것이다. 연애할 때 변하지 않고 나에게 계속 잘해 주게 하는 그런 방법은 정녕 없는 것일까?

연인 관계는 난로와 같다. 너무 가까우면 뜨거워서 화상을 입고, 너무 멀어지면 춥다. 추위를 녹이고 몸이 노곤해지는 따뜻함이 느껴질 정도의 적정선을 유지해야 한다. 서로의 사이가 너무 가까우면 쉽게 질려 버린다. 데이트 횟수에 집착하고 연락이 늦는다고 쪼아 대는 상대. 잠깐 회의하느라 답장을 못 했을 뿐인데, 그사이 줄지어 남겨져 있는 부재중 전화. 별일 아닌 사소한 것을 꼬투리 잡아 의심하고 회사 동료인데도 이성과 함께 있으면 어린애처럼 말도 안 되는 투정을 부리며 일거수일투족 알려고 하는 연애. 일상 보고를 안 한다고 서운해하는 관계…. 이야기만 들어도 숨이 막히지 않는가? 이렇게 밀착 마크를 하면 당하는 입장은 굉장히 부담스럽고 답답함을 느낀다. 아무리 사랑하는 사이라도 약간의 내버려 둠이 필요하다. 이것을 아는 것이 연인이 알아서 잘하게 만드는 비법이다.

혹시 상대가 자신에게 질려하는 느낌을 받았다면 자신의 패턴을 한 번쯤 점검해 봐야 한다. 연인이 나에게 잘할 필요성을 못 느끼게 행동하고 있진 않은가? 지나치게 넘치도록 감정과 에너지를 쏟고 있진 않은가? 그와 거리의 적정선을 유지하면서 연애의 긴장감을 활활 타오르게 해야 한다.

"그러면 연락도 일부러 안 받고 보고 싶은데도 참고 가끔만 만나면서 밀당하라는 건가요?"

아니, 그것은 기만이다. 일부러 피하고 거리를 두라는 게 아니라 질리게만 하지 말라는 것이다. 7:3의 법칙을 기억하라. 그와 무한정 가까워지기 위해 썼던 에너지를 나 자신을 위해 써 보자. 적절한 거리 유지와 내버려 둠은 연인의 개별성을 존중한다는 의미인 동시에 고유한 존재로서의 그를 인정하는 것이다. 그렇게 자기 자신의 개별성을 지지받으면, 연인에게 꾸준한 애정과 다정함을 쏟을 수 있는 마음의 여유를 확보하게 된다.

'어떻게 처음처럼 변하지 않고 잘하게 할까?' 질문하기 전에 내가 처음과 같은 모습을 유지하고 있는지를 점검해 보는 것도 중요하다.

A는 모든 남자가 대시할 만큼 아름답고 청순하다. 출중한 외모 덕에 주변에 이성이 끊이질 않고 그만큼 쉽게 남자를 사귄다. 그런데 조금 지나면 남자들이 떠나가는

바람에 연애를 길게 해 본 적은 없다. A는 보기와는 달리 성격이 굉장히 털털해서 남자 친구가 되면 마치 오래된 동성 친구를 대하듯 자기 자신에 대해 솔직하게 다 오픈한다. 한번은 A의 찰랑이는 긴 생머리가 예쁘다며 고백해 온 남자와 사귀었는데, 연애 후 단발로 싹둑 잘라 버렸고 얼마 뒤에 그 남자에게 이별을 통보받았다.

A의 이야기에서 알 수 있는 것은 무엇일까. 성격이 털털하면 남자들이 싫어한다는 것? A는 단발머리가 안 어울린다는 점? 성격이나 머리 스타일이 문제가 아니라 자신이 변했기 때문에 상대도 변했다는 걸 눈치채야 한다. 상대가 변하지 않게 하기 위해서는 이 사람이 대체 나를 왜 좋아하게 됐을까를 고민해야 한다. 그게 바로 그 상대에게 어필되는 매력일 테니 말이다. 수많은 예쁜 여자 중에서 이 남자가 나에게 반한 이유. 그것을 잃어버리면 남자는 변할 수밖에 없다. 그것을 유지할 때 상대도 처음과 같은 감정 유지가 가능한 것이다.

남자는 여자와의 연애에서 자신이 갖고 있지 못한 것을 얻고 싶어한다. 그래서 신체적으로는 남자가 갖고 있지 않은 여자의 부드럽고 굴곡진 면을 좋아하고, 성격적으로는 남자에게는 부족한 다정함, 사랑스러움 등에 매력을 느낀다. 이런 것들을 항상 어필하며 자신을 없어서는 안 될 존재로 각인시켜야 한다. 조금 덜 똑똑하고 덜 예쁘더라도 사랑스러운 사람에게는 남자든 여자든 무너지게 되어 있다. 말투와 표정을 사랑스러움으로 무장을 해야 한다.

함께 있으면 웃음이 나고 기분이 좋아지는 사람이 있는가 하면, 말을 생각 없이 하고 불평불만을 늘어놓아 괜히 부정적인 감정이 들게 만드는 사람도 있다. 연애란 사랑하고 사랑받고 싶어서 하는 것인데 말투는 틱틱대고, 표정과 몸짓에 사랑스러움이 없다면 그 마음 또한 오래 갈 수 없을 것이다. 설사 굉장히 외모가 뛰어나서 사귀었다 하더라도 만날 때마다 차가운 얼음 그 자체라면 따뜻한 사랑이 언제까지 버틸 수 있을까? 연애 관계를 통해서 얻을 수 있는 것이 없기에 서서히 정이 떨어져 나갈 수밖에 없다. 처음에는 외모를 보고 사귀었을지언정 결국에는 성품이나 사랑스러운 사람과의 관계가 길게 유지되는 것이다.

연애는 완벽한 상호 작용이다. 연인이 또다시 변하는 게 느껴지는가? 그 원인은 자신에게 있을 수 있다. 언제나 난로가 은은하게 따뜻할 수 있도록 적절한 간격을 유지하자. 어느 정도가 적절한 선인지 알아내는 것은 두 사람 간의 충분한 소통과 이해, 존중이 밑바탕이 되어야 한다. 서로의 감정과 생각을 솔직하게 나누고 이해하는 노력을 기울이면서, 가끔은 가까이 때로는 멀리하면서 우리만의 거리를 측정하는 것이 중요하다. 서로에게 필요한 만큼 가까이 다가가면서도, 상처 없이 오래 공존할 수 있는 적절한 거리를 찾아가는 것이 관계의 핵심이다. 너무 뜨겁지도 너무 차갑지도 않게 말이다.

PART 2

사랑하면서 놓치지
말아야 할 것들

완벽하지 않아도 괜찮아

진심을 다해 사랑하고 아픈 이별을 겪다 보면 마음 맞는 사람과 인연을 맺고 사랑을 한다는 것이 얼마나 기적 같은 일인지를 새삼 깨닫게 된다. 누군가와 사랑을 시작하는 것도 어렵고 이별은 너무 아파서 누구나 이번 사랑이 마지막이기를 바란다. 그래서일까. 연애 초창기부터 혹은 아직 사귀는 것도 아닌데 완벽한 연애, 완벽한 사랑을 하기 위해 애쓴다. 처음에는 순수한 마음으로 이번이 진정 마지막 사랑이기를 바라지만 이것이 반복되다 보면 상대를 재고 따지게 되곤 한다. 특히 결혼을 계획하고 있는 사람에게 이런 성향이 더 두드러지게 나타난다. 그럴 수밖에 없음을 이해하지만 감정이 깊어지기 전부터 너무 진지한 만남이나 결혼을 전제로 한 관계를 생각하면 사랑이 싹트기도 전에 지쳐 버리고 만다.

'평생 나에게 딱 들어맞는 사람일까?'

'이 사람과 결혼할 수 있을까? 지켜봐야겠다.'

　이런 생각으로 시작하는 관계는 첫 단추를 잘못 꿴 옷 같아서 사랑을 하는 동안 줄줄이 문제가 발생할 수밖에 없다. 설렘을 기반으로 상대와 교감하고 서로 알아 가면서 마음을 키워 가고 미래를 꿈꾸는 것이 연애가 깊어져 결혼에 이르게 되는 정석적인 패턴이다. 그런데 그 사람에 대해 잘 알아보기도 전에 '결혼', '평생'을 머릿속에 입력해 두면 하나하나 조건을 따지기 시작한다. 상대가 어느 정도 능력이 있는지, 자상한 면이 있는지, 집안일은 잘하는지, 깔끔한지, 종교는 무엇인지, 어떤 말투를 쓰는지, 헌신적인지 등 하나부터 열까지 요소를 검증하는 만남을 하게 된다. 관계의 근간이 되는 사랑이라는 감정보다도 내가 원하는 조건에 부합하는 사람인지 평가하는 것이 우선순위가 된다는 뜻이다. 재고 따지는 사람도 지치고 저울질당하는 사람도 당연히 느끼게 된다.

　결혼은 정말 소중하고 귀한 사람과 평생을 함께하는 중요한 일이다. 조건을 평가하는 것만으로 인연을 찾을 수 없고 측정할 수 없는 소중한 것들이 관계를 아름답게 한다. 사랑을 조건으로만 판단하지 않았으면 한다. 서서히 감정에 젖어 서로에게 스며들고, 서로가 서로에게 확신이 드는 것이 진정한 의미의 반려자를 찾는 과정 아닐까.

눈치도 매력이다

당돌한 애정 표현이나 저돌적인 대시가 영화·드라마에서는 로맨틱하게 표현되곤 하지만 현실에서는 그렇지 않을 때가 많다는 것을 명심해야 한다. 한두 번 거절의 신호를 보냈는데도 계속 연락하면 오히려 "이 사람은 왜 이렇게 눈치가 없을까.", "그렇게 싫은 티를 내도 계속 들이대네."라고 생각하게 된다.

그러니 상대가 싫은 티를 내면 적절한 때에 그만둘 줄도 알아야 한다. 선약이 있다고 식사 제안을 거절했다면 그럼 이날은? 그다음날은? 하면서 보채지 않았으면 좋겠다. 영화를 보러 가자고 했는데 이미 본 영화라는 말과 동시에 다른 영화 보자는 말이 없다면 다른 영화나 뮤지컬을 보자고 제안하지 말고 그냥 마음을 접는 게 낫다.

자신이 이미 푹 빠진 사람이 아이처럼 조르면 귀여운 애교지만 관심 없는 사람이 하면 성가시고 부담스러울 뿐이다. 아무리 외모가 뛰어나고 훌륭해도 관심 없는 이성이 그렇게 다가오면 거부감이 들 수밖에 없다.

눈치도 매력이다. 마지막이라도 매력적인 모습으로 기억되고 싶다면 적절한 타이밍에 물러날 줄 아는 센스를 갖추자.

♥

괜찮은 사람을
만나지 못하는 이유

외모는 예쁜 포장지로 감싼 선물과 같다. 그 안에 무엇이 들었는지는 모르지만 일단 포장이 예쁘면 기분이 좋고 눈길이 간다. 뜯지 않고 보는 것만으로도 웃음이 나고 그 안에 감싸인 물건이 무엇일지 기대를 하게 만든다. 하지만 선물이라는 것은 필연적으로 포장을 뜯게 되는 것. 포장지가 아무리 예쁘다 하더라도 선물 자체가 볼품없고 쓸모없다면 실망할 수밖에 없다.

외모가 예쁘고 멋진 사람이 인기가 많고 호감을 사기 쉽다는 것은 누구나 아는 사실이다. 그러나 사랑은 외모로만 하는 것이 아니다. 괜찮은 사람일수록 상대의 외모보다는 내면이 중요하다는 것을 알고 있다. 철없는 10, 20대에는 외모만 마음에 들면 성격이나 가치관이 잘 안 맞아도 감수하고 만나지만 나이가 들고 연애 경험이 쌓일수록 성격이나 행동, 가치관이 그보다 훨씬 중요하다는 것을 알게 된다. 주변을 한번 둘러보면 좋겠다. 예쁘고 잘생긴 사람은 행복한 연애만 하는가? 외모가 뛰어나지 않은 사람은 사랑받지 못하는가? 꼭 이성이 아니더라도 동료로서, 인간으로서 바라봤을 때 예쁘고 멋지지만 매력이 없거나 정떨어지는 사람도 있고, 외모가 화려하지 않아서 처음엔 존재감이 없더라도 볼수록 사람을 끌어당기고 매력을 발산하는 사람도 있다. 외모가 훌륭해도 괜찮은 사람이 거리를 두게 되는 그런 사람의 특징에 대해서 이야기해 볼까 한다.

먼저 자신에게는 관대하고 타인에게는 엄격한 기준을 들이대는 유형이다. 일명 내로남불 '내가 하면 로맨스 남이 하면 불륜'의 줄임말이라고도 한다.

예를 들어 이런 것이다. 호감을 가지고 서로 연락하고 있는 상대가 회사에서 업무 사유로 회식을 할 때, 옆자리에 이성이 앉는지 신경을 쓰고 어쩔 수 없이 이성과 가까이에 앉거나 늦게까지 회식 자리가 이어지면 기분 상한 티를 내는 사람이 있다. 그런데 정작 본인은 그런 부분에서 전혀 조심하지 않는다. 친구라는 이유로 이성(소위 남사친, 여사친)과 연락하고 밥도 먹고 술도 자주 마신다. 그 사람에게 이유를 물으니 우습게도 자신은 알아서 조절할 줄 알지만 그 사람은 영 못 미더워서 걱정이 된다는 것이다. 논리적으로 말도 안 되는 소리이다. 호감이 있다는 이유만으로 이런 엉뚱한 주장을 참아 줄 사람은 없을 것이다.

또 남녀가 평등하니 뭐든 공평해야 한다고 주장하는 사람 중에 자신이 불리할 때는 이성에게 평등하지 못한 요구를 하는 경우도 있다. '남자가 고작 이런 걸로 쪼잔하게 구느냐.'라는 말을 하거나 '여자는 그래도 조신하고 순종적이어야지.'라며 젠더적인 의무를 강요한다. 입으로는 성별 관계없이 공평해야 한다고 하면서도 어떤 것에 대한 금액을 반씩 부담하자고 하면 눈살을 찌푸린다. 듣는 사람 입장에서는 앞뒤가 맞지 않는 논리에 의문이 들뿐더러 이런 상황이 반복되면 합리적인 사람이 아니라 자기에게 유리한 쪽으로만 행동하고 주장하는 이기주의자로 느껴질 수밖에 없다. 반대로 자신이 행실을 바르게 하고 있는지, 올바른 가치관을 가지고 있는지 수시로 점검하고 상대의 실수는 너그럽게 용서해 주는 태도를 가진다면 상대도 존경심을 가지고 사랑을 키워 갈 수 있을 것이다.

꼭 내로남불이 아니더라도 잘잘못을 모조리 따져야만 직성이 풀리는 성격은 외모가 출중해도 연애하기에는 너무 피곤한 스타일이다. 설사 전부 맞는 말일지언정 하나부터 열까지 전부 따지는 사람과는 연애하고 싶지 않을 것이다. 가끔은 알아도 눈감을 건 감아 주고 못 이긴 척 넘어가 주는 센스는 순탄한 연애에 꼭 필요한 덕목이다. 그렇다고 중차대한 문제까지 참고 넘어가라는 게 아니다. 상대를 숨 막히지 않게 하려면 최소한의 융통성이 있어야 한다는 뜻이다. 유머러스하게 장난처럼 넘어갈 수 있는 일을 일일이 따지고 들면 둘 사이가 가까워질 수가 없다. 큰 이슈가 아니면 모른 척해 주는 사람이 현명하고 지혜로운 것이다. 상대도 괜찮은 사람이라면 다 알고 있을 것이다. '화가 많이 났을 텐데도 그냥 넘어가 주네. 내가 더 신경 써야겠다.'라고 생각한다. 엄마가 하는 말씀 중에 틀린 말이 있던가? 그럼에도 엄마의 잔소리는 듣기 싫을 수밖에 없다는 걸 기억했으면 한다. 숨도 못 쉬게 전부 따져 대는 사람은 쉽게 질려 버리기 마련이다.

나에게 직접적으로 하는 게 아니라도 평소 행실이나 말투에서 인성의 민낯이 드러나는 순간에 '만나지 말아야겠다.'라는 판단이 들기도 한다. 감사함과 미안함을 모르는 경우나

타인의 뒷담화를 하는 모습 등이 대표적인 예이다.

영어 문화권에서 'Thank you', 'I'm sorry'는 흔하고 가벼운 인사말이다. 별거 아닌 일에도 문장 끝에 붙여 고마움과 미안함을 표한다. 상대에 대한 매너를 지키는 것이고 예의를 표하는 말이다. 그런데 뻔히 감사 인사나 사과를 해야 할 순간에 그 표현에 인색한 모습을 보면 민망하고 당황스럽기까지 하다. 인사가 꼭 필요한 상황에서 무표정에 한마디 말이 없다면 그 누가 좋아할까.

"진짜 감동이에요. 이런 걸 준비해 줘서 고마워요.", "어떡해! 미안해. 내가 너무 늦었지. 잘못했어." 표정은 풍부하게, 리액션도 적절하게 하는 것이 몸에 배도록 생활화해야 한다. 상대가 이성이 아니라 해도 마찬가지이다. 내 앞에서 문을 잡아 준 낯선 사람에게, 좋은 서비스를 제공해 준 직원에게, 실수로 어깨를 부딪친 행인에게 적절한 인사를 건네 보자. 어려운 게 아니다. 이는 취사선택할 수 있는 사항이 아닌 최소한의 예의임을 인지했으면 좋겠다.

또 괜한 말로 사람들을 흉보는 것, 특히 외모에 대한 평가를 너무도 쉽게 하는 것도 주의해야 한다. TV를 보면서 연예인을 대상으로 외모를 지적하며 어디를 성형했는지 추측하고 더 나아가 부자연스럽고 징그럽다며 뒷담화하는 경우가 있다. 현실에서도 은근슬쩍 다른 사람들이 대화를 들을 수 있는 공공연한 상황(예를 들어 휴게실에서의 티타임이나 회식 자리 등)에서 성형 사실을 물어보기도 한다.

"너 쌍꺼풀 한 거야?", "코가 높아지니 이미지가 확실히 달라지긴 하네." 등 영 좋지 못한 말을 함부로 하며 타인을 은근히 헐뜯는다. 결코 매력적이지 않을뿐더러 괜찮은 사람일수록 이런 사람은 멀리한다. 혹시 이런 성향을 가진 사람이 있다면 타인에게 너무 관심 두지 말라고 당부하고 싶다. 남의 머리부터 발끝까지를 뜯어보고 험담하는 건 좋지 않은 행동이다. 그럴 시간과 에너지로 자신을 가꾸고 자신이 더 좋은 사람이 되도록 점검하는 것이 좋겠다.

언급한 것들은 모두 기본 중의 기본이다. 좋은 사람을 만나려면 나부터가 좋은 사람이 되어야 한다. 이성에게 잘 보이기 위해서가 아니라 올바른 가치관과 맑은 정신을 가진 사람으로서 인생을 살아가기 위해 노력하다 보면 그에 걸맞은 인연이 찾아올 것이다.

좋은 인연이 와도 놓치게 만드는
사소한 행동 8가지

1 SNS 중독: 지나치게 음식 사진 찍기, SNS 업로드 용 보여주기 식의 이벤트에 집착하는 것.

2 서운함이 많은 것: 서운함을 한두 번 얘기할 땐 귀담아 듣겠지만 계속 얘기하면 그렇게 서운하게 하는 자신과 왜 사귀는지 의문이 든다.

3 아무거나 빌런: 항상 자기 의견 없이 '아무거나'라고 대답하면 나를 좋아하는 건지, 나와 있는 게 별로 재미가 없는 건지 고민하게 된다.

4 답정너: 무언가 하자고, 가자고, 먹자고 하면 다 핑계를 대면서 싫다고 하면서 속으로는 자신이 원하는 정답이 정해져 있는 경우. 그러면 자신이 원하는 것을 처음부터 속 시원히 말하면 될 텐데 그러지 않는다. 대체 어쩌자는 건가 싶어 눈앞이 캄캄해진다.

5 허영심: 능력 안에서 소비해야 하는데 그 이상의 것을 계속 탐낼 때. 명품을 들었다고 자신의 존재 자체가 명품이 되는 건 아니라는 것을 기억하라.

6 무식: 무식한 것을 백치미라고 착각하지 않았으면 좋겠다. 정치, 경제에 대한 이슈는 전혀 모른 채 심각하게 정세에 어두우면 대화가 이어지지 않고 답답할 뿐이다.

7 만약에: "만약에 내가 ~해도 날 사랑할 거야?"라고 가상의 상황을 설정하여 사랑을 시험한다. 일어나지도 않을 굳이 고민하게 만든다. 물론 한두 번은 재미로 받아 주지만 타이밍이 좋지 않다면 애정 관계에 굴곡이 생길 수도 있다.

8 책임 회피형: 모든 잘못의 원인이 상대에게 있다고 핑계를 대는 것. 명백한 자신의 실수를 상대 탓으로 돌리거나 자기 대신 해결하라고 하는 경우이다. 몇 번은 당해 줄 수 있어도 그동안 마음은 서서히 식는 중이라는 것을 명심하길.

♥

잦은 헤어짐을 반복하고 있다면

　시작할 때의 간질거리는 설렘, 전혀 몰랐던 낯선 사람을 알아 가면서 느끼는 신비로움, 뇌 속 도파민 터지는 짜릿함. 연애란 참 즐거운 것이다. 그러나 그것은 순간일 뿐이고 연인 관계의 진정한 가치는 시간이 흐르면서 서로 가지게 되는 결속감, 단단한 신뢰, 기댈 수 있는 안정감 등이 아닐까 한다. 활활 타오르다 순식간에 재가 되어 버리는 불쏘시개가 아니라, 은은하게 따스함을 유지하는 숯과 같이 진득하고 은근한 사이. 이런 깊이 있는 사랑을 하고 싶지만 짧은 연애만을 반복하게 되어 답답하기도 하다. 대체 어디서부터 잘못된 걸까? 정말 인연이 아니고 잘못된 만남이라고 판단된다면 시간 끌지 말고 언제라도 헤어지는 게 맞지만, 사랑이 무르익지 못하고 매번 짧은 연애를 반복하고 있다면 혹시 어떤 문제가 있지는 않은지 살펴볼 필요가 있다.

'금사빠'라는 말이 있다. '금방 사랑에 빠지다'의 줄임말로 쉽게 사랑에 빠지는 상태, 혹은 그런 사람을 지칭하는 신조어이다. 금사빠는 조금만 연락을 잘해 주고 조금만 친절히 대하면 사랑에 빠져 버린다. 업무적인 일로 연락을 하고, 사회적으로 포용되는 정도의 친절을 베풀어도 그 사람과의 연애, 결혼을 넘어 손주까지 상상해 버린다는 우스갯소리가 떠돌 정도이다. 소개를 받으면 웬만해서는 상대가 마음에 들고, 나에게 다가오는 사람이 정말 나의 인연인지 살펴볼 겨를 없이 감정부터 깊어져 버린다.

금사빠 기질이 있는 사람들의 장점은 이전 연애에 대한 고통을 빨리 잊는다는 것이다. 금방 사랑에 빠진 만큼 금방 잊기도 하고, 또 다른 사랑을 찾아가다 보면 슬픔이 쉽게 희석되곤 한다. 하지만 단점은 조심스러움과 탐색의 과정 없이 사랑을 시작했기 때문에 필연적으로 금방 감정이 사그라든다는 것이다. 금사빠가 쉽게 사랑에 빠지는 이유는 상대의 단점은 생각하지 않은 채 자신만의 상상과 이상 속에서 상대를 그려 놓기 때문이다. 그 사람의 극히 일부분만을 보고 사랑에 빠질 준비를 마친 채 자신의 이상형에 부합하는 완벽한 사람을 상상하며 마음을 키워 간다. 그러나 막상 연애를 시작하고 관계가 이어지다 보면 처음 생각했던 것과 다른 아쉬운 부분들이 눈에 띄고, '어라, 내가 생각한 건 이게 아닌데?' 하며 금세 사랑이 식어 버린다. 이런 성향을 고치지 않으면 높은 확률로 짧은 연애를 반복할 수밖에 없다.

사랑하는 사람에게 좋은 모습만 보이고 싶고 부끄럽고 볼품없는 모습은 숨기고 싶은 게 사람 마음일 테다. 하지만 지나치게 솔직하지 못한 성향도 자꾸만 금방 헤어지게 되는 한 가지 원인일 수 있다.

애주가인 여자가 있다. 그녀는 성인이고 술은 기호 식품이므로 술을 마시는 것은 개인의 자유로운 선택이다. 그런데 그녀가 좋아하는 남자가 "나는 다 괜찮은데 술 마시는 여자는 절대 안 돼."라고 말하는 것을 우연히 들었다. 그 뒤로 이런저런 과정을 통해 서로 가까워졌고 결국 그녀는 술을 좋아한다는 사실을 숨긴 채 연애를 시작했다. 남자는 이 여자가 진짜 자신의 완벽한 이상형이라고 주변에 자랑을 했다. 하지만 그녀가 애주가라는 사실을 아는 사람들은 그저 애매한 웃음을 지을 수밖에 없었다.

여자는 남자와 함께일 때는 술을 마시지 않고 친구와 술 약속이 있더라도 남자에게는 카페에 간다고 둘러대는 등 나름 철저히 숨겼다. 하지만 과연 이런 연애가 오래갈 수 있을까? 숨기는 사람도 언젠가는 지칠 테고 꼬리가 길면 밟힌다고 상대도 진실을 알게 될 수밖에 없다. 그때 느끼는 배신감과 실망감은 이루 말할 수 없을 것이다.

물론 술을 끊는 게 여러모로 가장 좋겠지만 그런 차원의 문제를 넘어 자신의 모습을 솔직하게 드러낼 수 있고, 그랬을 때 그것을 인정하고 사랑해 줄 사람을 만나는 게 좋다. 사랑은 단기전이 아니기에 길게 봐야 한다. 상대의 니즈 needs 에 맞추어 크고 작게 자신의 모습을 꾸미면서 연애를 하려는 사람들이 있다. 평소 활달한 성격의 소유자인데 상대가 청순하고 조용한 사람을 좋아하니 조신한 척 연기를 한다거나 운동에는 관심도 없으면서 등산이나 러닝을 좋아하는 척하기도 한다. 동물을 좋아하는 척, 게임을 잘 안 하는 척, 책을 좋아하는 척. 그런 온갖 '척'들로 자신의 진짜 모습을 감춘 채 연애를 시작한다. 그런 식으로 연애를 쉽게 시작할지도 모르겠으나, 결코 오래 지속되기는 어려운 법이다.

앞서 이야기했듯 사랑은 단기전이 아니다. 마라톤을 할 때

100m 달리기 마냥 처음부터 전력 질주를 하는 선수는 없다. 마찬가지로 연애도 오래 지속하기 위해서는 페이스 조절이 꼭 필요하다. 짧은 연애만 반복하는 사람은 이 사실을 모르고 매번 단거리 경주를 하는 것처럼 짧은 시간에 자신의 에너지를 전부 쏟아붓는다. SNS를 커플 사진으로 도배하고 애인과 24시간 연락해야 하며 매일 만나서 데이트를 해야 한다. 자신의 소득 규모는 생각하지 않고 과도한 선물을 하기도 하고 운동이나 취미같이 연애가 아닌 활동은 하나도 하지 않으며 애인이 아닌 사람과의 인간관계를 소홀히 한다. 이렇게 한 가지에 과도하게 몰입하면 꼭 연애가 아니더라도 금방 지칠 수밖에 없다. 에너지는 '질량 보존의 법칙'의 영향을 받는다. 그 에너지를 적절히 분배하고 다른 곳으로부터 에너지를 얻고 그것을 또 소비하고 그것으로부터 또 에너지를 생성하는 선순환이 있어야 하는데, 소모적으로만 연애하다 보면 연료 통은 금세 바닥을 드러낸다. 연애와 연애 외의 삶 간의 건강한 균형을 유지하고 상대와 나 사이의 경계를 존중할 때 사랑은 더 깊어지는 법이다.

오래도록 잔잔하게 연애하는 사람들은 서로의 사생활을 보호해 주고 친구들과의 만남도 존중하며 사랑을 갈구함으로 상대를 괴롭히지 않는다. 상대를 너무 아끼고 사랑한다고 해도 나의 전부가 될 수는 없고, 나 자체를 대신할 수도 없다는 걸 알고 있기 때문이다.

♥

무조건 헤어져야 하는
사람의 특징

친구 연애 상담을 해 줄 때는 정확하고 냉철한 판단이 가능하다. 상황을 제삼자의 입장에서 보기 때문이다.

"왜 그런 사람을 만나? 당장 헤어져."
"세상에 더 좋은 사람은 많아. 더 정이 깊어지기 전에 정리하는 게 낫지."

그러나 정작 자신의 연애에 있어서는 현명한 판단을 내리지 못하는 경우가 많다. 주변에서는 입을 모아 헤어지라고 말하지만 감정이 남아 있어서, 미운 정이 들어서, 이별이 두려워서 헤어지지 못한다. 상대의 단점을 알고 있지만 그 단점이 그렇게까지 큰 건 아니라고 대수롭지 않게 여기거나 단점 외에는 모든 면이 마음에 들어서 감수하는 경우도 있다. 물론 단점 없는 사람이 어디 있겠으며 연애라는 게 그런 부분까지도 보듬어 주고 서로 맞추어 가는 거라고 하지만 그 단점이 '이것'이라면 무조건 이성적으로 마음을 다잡고 헤어지라고 조언하고 싶다. 그건 바로 '중독'이다.

중독은 주변에서도 쉽게 찾아볼 수 있을 정도로 꽤 흔한 증상이다. 너무 흔해서인지 대부분 심각하게 여기지 않아 놓치고 만다. 사실 중독 그 자체보다도 정확히 말하면 '중독을 통제할 절제력이 없는 것'이 문제이다. 중독자와 사귀면 안 된다는 건 상식적으로 누구든 '옳다'고 여기는 사실이긴 하다. 도박하는 것도, 술을 많이 마시는 것도, 마약에 찌들어 있는 것도, 담배를 너무 피우는 것도 중독이며 그런 사람과 사귀면 안 된다는 것을 알고 있다. 그러나 또 의외로 많은 사람이 상대가 그런 줄 알면서도 교제를 이어 가고 있다. "중독에 취약한 사람을 만나지 마세요."라고 말하면 "뻔한 소리를 한다."라고 하지만, 정작 상대가 중독 증세가 있다고 해서 관계를 정리하는 사람은 드물다.

알코올 중독인 게 뻔한데 '그냥 술을 좀 많이 마시는 정도니까…' 라고 하면서 합리화하고 묵인한다. "그만 좀 마셔."라고 잔소리를 할지언정 관계는 계속 이어 나간다. 알코올 중독은 알코올 중독 환자만의 문제가 아니다. 가족들도 이웃들도 피해를 볼 수밖에 없는 게 알코올 중독이다. 술을 즐겨도 본인이 컨트롤 할 수 있는 정도라면 당연히 괜찮다. 그러나 즐기는 선을 넘어서 제어하지 못하는 사람은 절대 안 된다. '오늘은 술 조금만 먹을 거야.'라고 말해도 결국 과음하는 사람, 술 때문에 자주 싸우고 일상생활에 지장을 받는 사람. 이런 수준이라면 망설일 것 없이 당장 떠나 보내야 한다.

요새 마약에 대한 사건 사고가 끊이지 않아 연일 언론이 시끌시끌하다. 마약 청정국으로 불리던 우리나라였으나 더 이상 마약의 유혹으로부터 자유롭지 않은 듯하다. 우리나라에 들어오는 마약의 수량이 증가하면서 SNS나 각종 매체를 통해 마약을 구하기도 쉬워지고, 비용도 접근성이 좋아져 마약을 하는 사람들이 성별이나 나이에 상관없이 늘어나는 추세이다. 그렇기 때문에 '내 주변에서는 아마도 이런 일이 없을 거야.'라는 안일한 생각은 하지 말고 이는 결코 경시할 수 없는 심각한 문제임을 꼭 상기해야 한다.

도박도 마찬가지다. 의외로 도박에 빠진 사람들이 너무나 흔하다. 예전에는 도박이라고 하면 전문 노름꾼이나 하는 것이었다면 요새는 학생들도, 회사원도 쉽게 도박을 접한다. 사설 스포츠 도박, 사설 경마, 카지노와 같은 불법 도박은 말할 것도 없거니와 합법적이라고 하더라도 그것을 절제하지 못한다면 위법 여부와 관계없이 연인으로서는 적절하지 않은 상대이다. 심지어 로또, 복권도 재미로 하는 게 아니라 중독이 되어 삶에 지장을 겪는 이들이 많이 있다. 요새는 현실 공간이 아닌 가상 공간에서 전자 화폐로 하는 사이버 도박이 유행이라고 한다. 장소와 비용에 제약이 없는 데다가 익명성이 보장되기 때문에 더욱 쉽게 빠진다. '그냥 온라인 게임하고 뭐가 다를까?' 하고 소홀하게 생각하는 경우가 있는데 절대 안 될 말이다.

술이나 마약, 도박처럼 '중독'이라는 것을 확실하게 인식할 수 있을 때는 그래도 판단을 내리기가 쉽다. 그러나 '중독'이라고 생각을 못 했는데 중독인 경우에는 시간이 흐른 뒤 뒤늦게 후회를 하기도 한다.

결혼을 앞둔 한 여자가 있다. 결혼 준비를 위해 상대와 경제적인 부분을 합치다가 이상한 점을 발견했다. 최근 남자가 남자의 친구에게 빌려준 돈이 5,000만 원이 넘는다는 것이다. 심지어 차용증도 없었다. 남자는 믿을 만한 친구라서 빌려준 것이라고 말했지만 결혼을 앞두고 걱정될 수밖에 없는 상황이었다. 그 일을 계기로 대화를 이어 가다 보니 비슷한 일이 더 많다는 것을 알게 되었다. 남자는 지인들에게 돈을 많이 빌려주고 있었다. 적게는 10만 원, 20만 원씩, 많게는 100만 원, 200만 원씩. 이유를 물어보니 그게 친구들 간의 우정과 의리라서 빌려줬다는 것이다. 그러나 정작 자신의 이름으로 저축해 놓은 돈이나 마련해 놓은 집은 없었다.

만약 이런 상황을 어떻게 해야 하냐고 내게 묻는다면 나는 단칼에 헤어지라고 말할 것이다. 아무에게나 빚보증 서 주는 것, 돈을 쉽게 빌려주는 것, 돈을 모으지 못하고 헤프게 쓰는 것 모두 중독의 일종이다. 의리를 지킨다는 명목하에 그 우월감에 중독되어 있고, 잠깐의 소비로 기쁨을 느끼는 것에 중독되어 있는 것이다. 절제 능력이 없는 이 사람이 앞으로 버릇을 고칠 수 있을까? 결혼 후에도 과연 이런 문제로 갈등이 일어나지 않을까? 모두 마찬가지로 자기 조절 능력이 없기에 일어나는 일이다. 그러니 어떤 경우이든 자기 조절 능력이 없다면 무조건 헤어지기를 바란다.

알고 있는지 모르겠지만, 바람도 중독의 한 종류이다. 이성에게 중독되고, 관계에 중독되고, 상대 몰래 일탈하고 있다는 그 느낌에 중독이 되는 것이다. 행해서는 안 된다는 걸 알면서도 욕망에 사로잡혀 자신을 통제하지 못한다는 점에서 이미 끝이다. 바람도 끊을 수 없는 중독이니 한 번이라도 바람을 피웠던 사람은 절대적으로 걸러야 한다. 바람을 피운 상대와 다시 연애하는 이들은 이렇게 말한다. "딱 한 번은 용서해 줘도 되겠죠.", "잠깐 실수한 건데 괜찮겠죠?", "제가 오해한 부분도 있는 것 같아요." 등.

절대 아니다. 바람을 피웠던 상대와 다시 관계를 맺는 순간, 자신은 이미 '용서한 사람'이 된다. 연인이나 부부 관계에서 가장 중요한 건 서로에 대한 신뢰다. 그것을 깨는 순간 모든 게 끝이 난다. 그런데 이미 신뢰가 깨진 상황에서 상대의 잘못을 덮고 용서한다면 그것을 정말 진심으로 고맙게 여길까? 아니, 반대로 '이렇게까지 막 대해도 되는 사람'으로 여기고 우습게 본다. 그러니 진정으로 사과하는 것처럼 보이고 이전의 잘못을 다 잊게 해 줄 만큼 잘해 준다 해도 꼭 헤어져야 한다.

앞 상황과 반대로 둘의 관계가 바람으로 시작되는 경우도 있을 수 있다. 이미 연인이 있는 사람과 썸을 타고 관계를 맺는 것이다. 분명 그 사람이 현재 애인과 사이가 별로 안 좋으니 빠른 시일 내에 헤어지고 나와 새로운 시작을 하겠다는 달콤한 말로 유혹했을 테다. 그것을 빌미로 '어차피 곧 헤어질 거라고 하니까.'라는 생각에 스스로를 합리화했을 수도 있다. 환승 연애도 이와 같은 범주에 속한다. 이미 바람을 피우는 것으로 관계를 시작한 그 사람이 또다시 바람피울 일이 없다고 장담할 수 있을까? 바람을 피우다 들통이 나도 뻔뻔하게 '어차피 너도 나랑 바람피운 거잖아.'라고 되돌려 줄 게 자명하다. 핵심 포인트는 신뢰가 깨지면 그 관계는 완전히 끝이라는 사실이다.

해서는 안 될 일들이라는 걸 알면서도 자기 통제력이 없는 나머지 저지르는 것은 중독이라는 걸 알아야 한다. '중독'에 빠진 사람과의 관계에서는 같은 상처를 반복해서 입게 된다는 걸 명심하여 현명한 선택을 하길 바란다.

데이트 폭력의 시그널

슬프게도 각종 데이트 폭력 사건으로 사회가 들썩인다. 그만큼 폭력적인 성향의 사람들이 늘어나고, 데이트 폭력을 당하는 경우가 흔해졌다는 뜻이기도 하다. 뉴스에서나 볼 수 있는 일이지 그렇게까지 난폭한 사람이 흔하겠느냐고, 자신에게는 절대 그런 일이 없을 거라고 생각할 수 있다. 그러나 데이트 폭력은 누구에게나 발생할 수 있는 일이다. 지금은 직접적으로 폭력을 행사하지는 않지만, 결혼 후에 폭력이 발생할 수도 있고 결혼이 아니더라도 깊이 정이 든 이후에는 이성적인 판단이 어려워 관계 정리가 힘들어질 수 있다. 그러니 그런 성향을 미리 알 수 있는 시그널을 꼭 확인하기를 바란다. 그건 바로 '감정 조절을 하지 못한다'는 것이다.

운전 중 자기 마음대로 안 되면 급발진을 하고 분노 조절을 못해 거칠게 운전한다거나, 화가 나면 때리지는 않지만 물건을 집어 던진다거나, 과격하게 벽 또는 책상을 내리친다거나 하는 행동을 예사로 보지 말고 유심히 살폈으면 좋겠다. '이런 행동 하나로 어떻게 헤어지자고 하나, 그냥 한 번 화가 났나 보지…'라며 넘어가려는 사람도 있다. 그러나 이건 명확한 시그널, 이런 모습이 보이면 바로 헤어져야 한다.

벽을 치고 물건을 던지는 거친 행동의 의미를 해석해 보면 좀 더 명확하겠다. 그 행위에는 '내가 너를 때리고 싶은데 그럴 수는 없으니 이 물건을 너 대신 때리는 것이다. 그러니 까불지 말아라.' 정도의 의미가 담겨 있을 것이다. 이런 말을 듣고도 계속 관계를 이어 나가겠는가? 싸우는 과정에서 폭력성을 드러내는 사람이라면 데이트 폭력까지 이어질 가능성이 높은 이들이다. 이런 조짐을 눈치채고 그 의도를 정확하게 분석하는 눈을 길러야 한다.

예전에 길에서 데이트 폭력을 당하는 여자를 보고 경찰에 신고한 적이 있다. 그 여자가 불쌍하고 돕고 싶은 마음에 경찰이 올 때까지 곁에 있어 주기도 했다. 기다리는 내내 거칠게 구는 남자가 무서워 조금 거리를 두고 말이다. 그런데 경찰서에 도착하고 그 여자의 진술에 적잖이 당황했다. 제삼자인 내가 둘 사이 문제에 공연히 개입했다고, 남자는 잘못이 없으니 그냥 보내 달라고 말하는 것이었다. 나는 그 여자가 맞는 걸 분명히 목격했고, 남자는 내가 말려도 멈추지 않고 폭력을 휘둘렀다. 경찰서를 나오며 너무 씁쓸하면서도 답답한 마음이 들었다. 폭력의 굴레에 스스로 머물고 있는 그 여성이 안타까웠다.

폭력은 어떤 상황에서도 정당화될 수 없다. 아무리 사랑하는 사람이라도, 아무리 잘난 사람이라도, 폭력을 행사하는 사람과의 관계는 단호히 끊어 내야만 한다.

♥

서운하다고 말해도
소용없을 때

　사랑을 해서 시작한 연애인데, 행복하려 시작한 연애인데. 자꾸만 상대에게 서운한 마음이 생긴다. 자꾸만 속상하고 사소한 불만이 생긴다. 아무리 연애가 서로 맞춰 가는 거라지만 나 혼자만 서운하고 속상한 것을 보면 이미 관계의 시소는 한쪽으로 기운 듯하다. 그렇게 을의 연애는 시작된다. 을의 연애가 안타까운 이유는 소위 '을'은 너무나 착해서 상대에게 정말 헌신하기 때문이다. 그렇게 잘할 수가 없다. 상대의 상황을 배려하고 기분을 살핀다. 상대가 하자는 대로 맞추고, 상대가 원하는 것은 반드시 하고, 상대가 싫어하는 것은 절대 하지 않는다.

　그러나 한편으로는 항상 마음에 의문을 품는다. 왜 나 혼자만 관계를 위해 노력하는 것 같지? 왜 내 마음을 몰라주지?

당연한 일이다. 바라는 게 없이 시작한 일이라 하더라도 그만큼을 노력하고 투자했는데 상대는 아무것도 하지 않는다면 서운함이 밀려올 수밖에 없다. 왜 나만 매번 이래야 하는 걸까 싶지만 누가 억지로 시킨 것도 아니니 억울할 필요 없다. 어떻게 하면 이런 상황에 처하지 않고 상대가 알아서 노력하며 잘하게 만들 수 있을까 고민하고 바꾸어 나가면 된다.

상대가 관계에 최선을 다하게 만드는 단 한 가지 방법은 바로 '내 발전을 위해 시간을 쓰는 것'이다. 그렇게 서운함을 토로하지 말고 그 에너지를 자신을 위해 쓰는 게 좋다. 헌신적이지만 별 볼 일 없는 사람과 그다지 헌신적이진 않지만 잘난 사람. 둘 중 어떤 사람에게 매력을 느끼고 잘하려고 할까? 당연하게도 '잘난 사람'에게 마음이 기울 수밖에 없다. 갈수록 승승장구하고 외모도 예쁘며 커리어도 잘 쌓아 나가는 사람. 어디에 내놓아도 이성들이 호감을 표할 만한 사람이라면 놓치기 싫어서라도 당연히 잘할 수밖에 없다. 그러니 "나 서운해.", "왜 나한테 잘 안 해 줘?", "왜 예전하고 달라졌어?"와 같은 말을 할 필요가 없다.

제일 좋은 건 내가 말하지 않아도 상대가 스스로 잘하는 것이다. 그래서 많은 연인이 이것 때문에 다투곤 한다.

"자기는 내가 꼭 말을 해야 알아? 알아서 할 수는 없어?"

하지만 사실이 그렇다. 말하지 않으면 모른다. 의사 표현을 명확히 하지도 않았으면서 상대가 독심술로 자신의 의중을 파악하기를 바라면 서로 피곤해진다. 아무리 사소한 것이라도 아무 의견도 피력하지 않으면 상대에게 무시당하기 십상이다. "난 괜찮아. 자기 편한 대로 해.", "아무거나 상관없어."라는 대답이 반복되면 그것을 학습한 상대는 '어차피 의견 물어봤자 선택 안 할 거니까 내 마음대로 해도 돼.'라는 생각을 은연중에 할 수도 있다. 그럼 시간이 지나서는 그 무엇도 물어보지 않는다.

그러므로 마음이 조금 불편하더라도 싫으면 싫다고 답할 줄 알아야 하고, 좋으면 좋다고 표현을 해 줘야 한다. 아집이나 고집을 부리면서 자신의 주장을 강요하라는 것이 아니다. 어떤 선택 사항 앞에서 자신의 의사를 분명하게 전달하라는 것이다. 그 후에 조율하거나 논의를 하더라도 일단 그렇게 어떤 선택을 유보하지 않음으로써 상대는 당신의 취향이나 가치관을 파악하게 되고 그것에 맞춰 만족을 주려고 노력할 것이다. 정말 중요한 포인트다. 많은 사람이 상대를 사랑하니까 상대의 취향대로 맞춰 주는 게 가장 좋은 것이라고 간단히 생각한다. 그런 내 노력을 알아채고 상대가 나를 더 좋아해 주고 더 잘할 것이라고. 그러나 실제로는 그렇지 않다. 희생하는 쪽의 가치는 하락하고 만다.

가스라이팅하듯, 공식을 외우게 하듯 자신의 가치를 주입시키는 사람이 있다. "역시 나밖에 없지?", "나 없이는 못 살지?" 그럼 상대도 대답한다. "당연히 너밖에 없지.", "너 없으면 못 살지."라고. 그러나 진심은 그게 아닐 수 있다. 연애 중이라서 좋은 감정으로 상황에 맞게 대답해 주는 말을 다 믿으면 안 된다. 뒤돌아서면 달라지는 것이 사람이니 말이다. 이런 주입식 교육보다 동기를 부여하라. 나를 사랑할 수밖에 없고, 잘해 줄 수밖에 없는 매력적이고 가치 있는 사람으로 발전시켜라.

잘해 달라, 더 사랑해 달라 하는 말이 반복되면 잔소리와 다를 바가 없다. 처음에는 알았다고, 내가 더 잘하겠다고 하지만 스스로의 가치가 그대로거나 하락하는 중이라면 상대의 태도는 바뀌지 않을 테다. 억지로 상대를 바꾸려 드는 순간 불행한 연애의 서막이 열리게 된다. 사람은 자신의 안위를 위한 조언과 충고조차 듣기 싫어하는 경향이 있다. 하물며 '나'를 위해 '너'를 바꾸라는 요구는 잔소리 그 이상도 이하도 아니다. 그러니 그 에너지를 자신에게 집중하고 자신을 발전시키는 데 사용했으면 한다. 상대가 저절로 잘하게 되는 매력 넘치고 사랑받는 존재가 되기를 바란다.

긍정적 가스라이팅

"자기가 나한테 더 잘해 줬으면 좋겠어."

"그동안 이런 게 서운했고, 이런 점이 마음에 들지 않았어."

"다른 커플들은 이런 걸 하는데 우린 안 하잖아."

상대가 나에게 더 다정하게 잘했으면 좋겠고, 더 적극적이었으면 좋겠고. 이런저런 답답한 마음에 참고 참다가 섭섭함을 얘기한 적이 있을 것이다. 그러나 듣는 상대도 그다지 공감하는 것 같지 않고 당시에는 "알겠어. 노력할게."라고 대답하지만 얼마 지나지 않아 같은 상황이 반복되고 만다. 또다시 스트레스가 쌓인다. 행복하려고 하는 연애인데 말이다.

상대가 쉽게 바뀌지 않는 이유는 긍정적 강화가 되지 않기 때문이다. 소리를 높이지 않고 비속어를 쓰지 않으며 조곤조곤 얘기를 한다 해도 내용 자체가 부정적이기 때문에 상대는

'내가 하는 행동이 이 사람을 불행하게 만드는구나.'라고 생각하게 된다. 그럼 당연하게도 잘해 줄 힘이 나지 않게 되는 것이다. 부정적인 말을 들었는데 의욕을 가지고 '내가 노력해서 불행하지 않게 해야겠어!'라고 의지를 다지는 사람은 드물다.

연인을 바꾸는 방법의 기본은 바로 '칭찬하기'이다. 부정적인 행동을 했을 때는 아무 피드백을 주지 않고, 반대로 아주 사소한 부분이라도 내가 마음에 드는 행동을 했을 때는 무한 칭찬을 퍼붓는 것이다.

"당신이 이렇게 해 주니까 너무 행복하다."
"당신을 만나고 내 삶이 달라졌어, 전부 당신 덕분이야."

이 과정을 통해 상대는 자신의 행동으로 인해 연인이 행복해졌다는 것을 알게 되고, 또 다른 칭찬을 받기 위해 그 행동을 시작으로 연인을 행복하게 해 줄 다른 행동은 무엇이 있을지 고민하게 된다. 칭찬은 고래를 춤추게 한다는 유명한 말도 있지 않은가. 사람은 누구에게나 인정받고 싶은 욕구가 있다. 그 인정 욕구를 채워 주는 사람을 위해 스스로 더 잘하려고 노력하는 것이다.

칭찬하는 것이 익숙하지 않은 사람에게는 처음에 다소 어색한 일일 수 있다. "당신 같은 애인을 만나다니 나는 참 복 받았어."라는 말이 술술 나오면 참 좋겠지만 만약 그렇지 않으면 연습이 필요하다. 종이에 〈이 사람을 사랑하는 이유 10가지〉, 〈장점 10가지〉 등을 써 보며 언제든 칭찬할 수 있도록 준비를 해 두는 것이 좋다.

꼭 사실만을 들어서 칭찬할 필요도 없다. 만약 순전히 자신이 일을 잘해서 회사로부터 상을 타거나 보너스를 받았다고 가정해 보자. 연인이 축하를 해 줄 때 "이게 다 애인 잘 만난 덕이지, 내가 고마워."라고 상대에게 공을 돌려 보자. 그러면 상대는 생각한다. 나는 한 것도 없는데 인정받고 칭찬받았구나. 나를 저렇게까지 좋게 생각해 주는데 뭐라도 해야 하지 않을까? 그렇게 스스로에게 동기 부여를 하게 된다.

사소한 칭찬이 쌓이면 뭐라도 해 주고 싶고 조금이라도 더 챙겨 주고 싶게 된다. 상대가 행복하면 자신도 덩달아 행복하다는 걸 학습한 것이다. 칭찬은 앞으로 더 잘해야겠다고 다짐하는 계기가 된다. '피그말리온 효과'라는 단어를 들어 봤을 것이다. 긍정적인 기대나 관심이 자기 충족적 예언으로 작용하여 사람에게 좋은 영향을 미치는 효과를 말한다. 비록 지금은 완벽하지 않더라도, 상대에 대한 기대와 믿음을 가지

고 칭찬을 하면 그만큼 발전하고 긍정적으로 변화한다. 자신
감을 심어 주고 동기 부여를 해 준다. 칭찬이라는 긍정적 가
스라이팅으로 자신이 원하는 방향으로 상대를 이끌어 보자.
참 단순해 보이지만 기대했던 것보다 더 긍정적으로 변화한
연인의 모습을 보게 될 것이다.

연인에게 사랑받는
예쁜 말 10가지

1 당신이 최고야. 그동안 잘해 왔잖아. 난 당신을 믿어.

2 당신이 웃을 때 나도 기뻐.
당신의 미소가 내 하루를 더욱 빛나게 만들어.

3 든든한 당신과 함께라면 어떤 어려움도
극복할 수 있을 것 같아.

4 어쩜 이렇게 다정할까?
당신의 섬세한 배려로 나의 일상이 더 따뜻해져.

5 당신이 나를 믿어주고 지지해 주는 것이
나에게 큰 힘이 돼.

6 예전에도 예뻤지만(멋있었지만)
점점 더 예뻐지는(멋있어지는) 것 같아.

7 자상한 당신이 있어서 어떤 상황에서도 안정감이 들어.
  항상 고마워.

8 당신 같은 연인을 만나다니, 나는 정말 복 받은 사람이야.

9 당신과 함께하는 모든 순간이 나에게는 의미있고 특별해.

10 당신을 만나고 내 삶이 달라졌어, 전부 당신 덕분이야.

♥

주도권을 상대에게 넘겨라

연인 사이가 사랑과 애정을 기반으로 한 관계라고 하더라도 어쨌든 인간관계의 한 종류이기에 불편한 사실이지만 그 안에도 일종의 파워 게임이 존재한다. 누가 갑이고 누가 을인가? 누가 연애의 주도권을 쥐고 있는가? 이런 패권 경쟁은 다양한 형태로 이루어진다. 예를 들어 연애 초반에는 누가 먼저 연락을 하는지, 누가 연락을 기다리는 쪽인지로 기 싸움을 한다. 연애를 하면서는 누구의 의견대로 데이트 코스를 정하는지, 누구 스케줄과 편의에 맞추어 만남을 하는지로 주도권의 향방을 가늠할 수 있다. 결혼을 해서는 누가 경제권을 가지는지, 누구 의견을 많이 반영하여 생활을 꾸려 나가는지 등으로 주도권이 결정된다. 이 외에도 여러 경우에 보이지 않지만 팽팽하게 당겨진 실을 가지고 줄다리기를 한다.

어느 한쪽이 항상 지고 어느 한쪽이 항상 이기는 것만 아니라면 이런 밀고 당김이 마냥 나쁜 것만은 아니다. 이런 싸움에는 완패도 완승도 없는 법이다. 때에 따라 또 상황에 따라 흐름은 물 흐르듯 바뀐다. 만약 항상 한쪽에게만 주도권이 있다면 그 관계는 이미 건강한 연인 관계라고 할 수 없을 것이다. 일방적으로 한 사람만 상처받는 을의 연애를 하고 있는 경우일 테다.

만일 정상적인 범주 내에서 이런 주도권 경쟁이 생긴다면 너무 개의치 말고 상대에게 주도권을 넘기면 현명한 연애를 할 수 있다. 이렇게 말하면 반발심이 들 수도 있겠다. '왜 제가 주도권을 빼앗겨야 하는 거죠? 왜 저만 양보해야 하나요?' 라고.

그건 크나큰 착각이다. 오로지 자신이 싸움에서 이겨야 하고 관계가 자신 위주로 돌아가야 한다고 생각하지만 연애에서는 져 주는 게 이기는 것이고, 힘을 풀 때 오히려 힘을 얻게 되는 경우가 많다. 관계에서는 지혜로운 전략이 필요하다. '주도권'이라는 말이 주는 느낌 때문에 무조건 가져오는 게 좋을 것 같지만 막상 그렇지도 않다. 주도권을 가지는 사람은 더 힘들다. 관계를 이끌어 가야 하고 이벤트를 기획해야 하며 결과에 책임을 져야 한다. 그러니 실패하지 않기 위해서 더 적극적으로 관계에 몰두하게 되는 것이다. 반면 상대로부터 주도권을 빼앗아 내 마음대로 하려고만 하면 상대는 이래도 좋고 저래도 좋다는 식으로 연애에 흥미를 잃어버리고 소극적으로만 행동할 수 있다. 왕이 되려고 하지 말고 왕이 사랑하는 왕비가 되면 된다. 왕은 모든 권력을 가졌어도 왕비를 행복하게 해 주기 위해 그 권력을 사용할 테니 말이다.

♥

사랑을 식게 만드는
의외의 행동

사랑이 시작될 때는 아름답고 눈이 부시지만 영원한 것은 없다는 듯이 이별은 기어코 오고야 만다. 정말 헤어질 거란 한 번도 생각한 적 없이 진심으로 사랑하고 잘 만나고 있다고 생각했는데 어느 날 갑자기 헤어짐을 통보받기도 하고 서로가 서서히 이별이 다가오는 것을 느끼며 꽤 오랜 시간에 걸쳐 마음의 준비를 한 후 그 끝을 맞이하기도 한다. 어느 쪽이든 이별이 아픈 것은 매한가지다. 그렇게 사랑했어도 영원히 함께하지 못하고 이별이 오는 이유는 뜨겁게 달아오른 사랑에 찬물을 끼얹는 작은 행동들이 쌓이고 쌓였기 때문이다. 헤어지고 싶게 만드는 행동을 보며 어느 순간 '이제 정말 헤어져야겠다.'라는 생각이 드는 순간이 찾아온다. 서로 그런 행동들만 피해도 행복하게 연애를 지속할 수 있다.

대부분 간과하고 있지만 치명적인 것이 바로 애인이 아닌 '엄마 같은 모습'을 보이는 것이다. 모든 사람은 엄마를 너무나 사랑한다. 하지만 그런 엄마의 단 한 가지 싫은 점이 뭐냐고 묻는다면 바로 '잔소리'라고 대답할 것이다. 연애 초기, 애인의 잔소리는 달콤하게만 느껴진다. "이렇게 입어야 예쁘지.", "여기 뭐 흘렸잖아.", "영양제 챙겨 먹었어?" 이런 다정한 잔소리는 챙김받는 느낌도 들고 서로 전혀 모르던 사이였으나 이제는 애인이라는 테두리 안에서 이런저런 간섭을 할 수 있을 만큼 가까워진 듯해 사랑을 확인한 기분일 것이다.

그러나 시간이 지날수록 그 잔소리는 몸집을 불리게 된다. "연락이 왜 안 돼? 연락 신경 써서 자주 해 줘.", "게임 좀 그만해.", "일찍 자야지." 그러면 연인에게서 느낄 수 있는 설렘은 줄어들고 듣기 싫은 말을 반복하는 엄마 같다고 느끼게 된다. 의무감이 늘어나 부담도 느낀다. 사실 엄마도 자식을 너무나 사랑하기에 잔소리를 하는 것이다. 그러나 아무리 옳은 말이라도 반복되면 귀찮고 듣기 싫어지는 법이다. 사랑하는 사람이 직접적으로 내 생활에 간섭하고 챙기는 느낌은 이내 거부감으로 바뀐다. 별거 아닌 자잘한 잔소리에 사랑하는 마음은 점차 식어 간다.

매번 비위를 맞춰야 할 때도 그렇다. 처음에야 연인이 너무 좋으니 서로 배려하려는 경우가 많다. 상대가 원하는 대로 연락하고, 원하는 날짜에 만나고, 먹고 싶다는 메뉴를 먹고…. 그러다 어느 날 문득 생각이 드는 것이다. 자신만 일방적으로 상대에게 맞추느라 애쓰고 있고 그런 자신의 모습이 바보 같다고 말이다. 그런 생각이 드는 순간 마음은 급속도로 차가워진다. 매일 데려다주고 데리러 왔는데 어쩌다 한 번 사정이 있어 그러지 못하면 사랑이 식었냐는 물음을 던질 때, 데이트 약속 취소와 시간 변경 등의 요구가 잦을 때, 싸우면 무조건 자신이 숙이고 사과해야만 끝날 때. 이런 순간들이 쌓이면 한 번쯤은 나도 사랑받는 연애를 하고 싶다는 서글픔과 함께 또 다른 사랑을 상상하게 된다. 상대의 배려를 당연하게 여기는 태도는 헤어짐을 결심하게 만든다.

마지막으로 가장 치명적인 것은 신뢰를 깨트릴 수 있는 행동을 하는 것이다. 연인 간에 사랑 그 이상으로 중요한 게 신뢰다. 사랑은 아름다운 감정이지만 그 기반에는 신뢰가 필수적인 역할을 한다. 신뢰는 마치 강한 기둥처럼 사랑의 건축물을 지탱하고 성장시킨다. 사랑이 있어도 서로를 믿을 수 없다면 그 관계는 파도에 휩쓸려 곧 무너져 버릴 모래성과 같다.

연인과의 사소한 약속을 자주 깨거나 바람을 피우는 것, 꼭 바람을 피운 게 아니더라도 의심이 갈 수 있는 수상한 행동이 반복된다면 어떨까? 왜 이런 쓸데없는 감정 소모를 해야 하는지에 의문을 품으며 헤어짐을 결심하게 되는 것이다. 믿음 없이는 갈등이 불거지고, 의심과 불안이 자리 잡는다. 하지만 서로를 신뢰한다면, 오랫동안 변치 않는 사랑의 터전을 마련할 수 있다. 사랑의 감정에 휩싸여 신뢰의 중요성을 간과하기 쉽지만 사랑이 오래가려면 그 기반에는 빈틈없는 신뢰가 필수적이다. 참외밭에서는 신발 끈도 고쳐 매지 말라는 말이 있지 않은가. 어떤 행동을 할 때 상대의 신뢰를 깰 만한 행동은 아닐지 미리 돌아보고 조금이라도 의심받을 것 같은 행동은 아예 하지 않는 것이 좋다.

♥

당신의 미래 계획에는
내가 있나요?

Case 1

A: 우리 내년 여름에는 사이판으로 여행 갈까? 너 휴양
　지 좋아하니까.

B: 글쎄, 나는 회사 일 때문에 내년 여름엔 미국에 있을
　것 같은데.

Case 2

A: 나 다음 달에 워킹 홀리데이 하러 호주에 가려고.

B: 뭐? 왜 그걸 이제 말해. 그럼 나는 어떡하라고.

A: 우리는 장거리 연애하면 되지.

Case 3

A: 우리 매번 말로만 하지 말고, 내년을 목표로 결혼에
　대해 구체적인 얘기해 보면 어떨까?

B: 좋긴 한데, 나 내년엔 중요한 새 프로젝트 맡게 될 것
  같아.

보는 것만으로도 답답한 느낌이 들고 상처가 되는 대화다.
이 세 가지 대화의 공통점은 무엇일까? 바로 상대의 미래에
내가 전혀 없다는 것이다. 우리는 연애를 하면서 서로로 인
해 삶을 특별함으로 채우기를 원한다. 꼭 그 미래가 결혼을
의미하는 게 아니더라도. 아주 먼 미래까지는 아니더라도.
사랑하는 사람과의 내일, 다음주, 다음달, 내년을 상상하고는
한다. 사랑하는 사람과 함께 무엇을 할지 떠올리며 행복해하
는 것은 당연한 현상이다. 미래에 영향을 줄 수 있는 현재의
판단을 할 때는 연인의 상태나 의견을 고려하거나 그럴 수 없
는 상황이라면 최대한 빠른 시일 내에 상대에게 알려 주려고
한다.

  그렇기에 나와의 미래를 계획하지 않는 사람의 모습을 보
면 '나를 사랑하긴 하는 건가.' 하는 의심을 하기 마련이다.
그런 사람은 분명 깊이 있는 애정이 없는 것이다. 유학이나
발령과 같은 중대한 결정을 혼자 내리고 나서야 통보하는 행
동은 자연스럽게 관계의 균형을 깨뜨린다. 둘로만 이루어져
있는 작은 공동체에서 한 명이 완전히 배제되었다는 것만큼

쓸쓸한 일이 있을까.

사랑은 서로 함께 미래를 꿈꾸고 협의하고 계획하는 것에서 비롯된다. 서로에 대한 존중과 신뢰가 있다면 말이다. 혼자서만 미래를 꾸미고 통보하는 행위는 아직 서로의 삶이 완전히 포개지지 못했다는 증거이다. 나를 고려하지 않은 미래를 쉽게 내뱉는 사람과는 고민하지 말고 헤어졌으면 한다.

물론 연인이 그리는 미래에 내가 포함되어 있다고 해도 100% 그 사람이 내 운명의 짝일 거라고 확신할 수는 없다. 그 계획을 전부 실현할 것이라는 보장도 없으니 말이다. 어린 나이에 만나 미래 자녀 계획, 주거 지역, 삶의 방향, 노후 계획까지 구체적으로 다 세우고도 예상치 못한 이유로 헤어지는 게 연인이다. 그렇기에 더욱 그조차도 고려하지 않는 사람을 감당하며 관계를 이어 갈 필요는 없겠다.

그런 사람이 있다면 당신은 당신만의 길을 걸어 나가라. 미래를 함께 그리지 않는 사람과의 이별은 더 나은 내일을 여는 문이 될 것이다.

미래 지향점이 다를 때
이별이 찾아온다

두 사람의 아름다운 사랑의 결실인 결혼. 이러한 결혼이 때로는 이별을 불러오기도 한다. 결혼을 강요받는다는 느낌이 들 때 헤어짐을 결심하는 사람이 있다. 문제는 결혼을 강요할 의도가 전혀 없었다 하더라도 아직 결혼 생각이 없고 연애만 하고 싶은 사람에게는 그것이 부담된다는 것이다. 별거 아닌 사소한 말에도 말이다.

지나가다가 백화점에서 예쁜 도자기 그릇을 보며 "우리 나중에 결혼하면 혼수로 좋겠다."라는 농담, "우리 자녀는 몇 명이 좋을까?" 등 미래를 계획하는 말이 어떤 사람에게는 큰 압박과 부담으로 다가올 수 있다는 사실을 알았으면 좋겠다. 물론 알콩달콩한 연애의 일환으로 일어날지도 모르는 미래를 그려 보는 재미가 있지만, 그것은 서로 그런 성향이 잘 맞았을 경우이다.

저런 이야기가 나오면 '결혼하고 싶은가 보네. 어떻게 벗어나지? 헤어지는 게 나을까?', '나는 결혼 생각이 없는데 시간 낭비하지 않도록 지금 놓아주는 것이 좋을까?' 등의 생각을 자연스럽게 하는 사람도 있다.

두 사람의 지향점이 다르다면 빠르게 정리하고 각자의 길을 가는 것이 좋을 수도 있다. 이런 이야기를 가볍게 던지기 전에 상대와 나의 미래 지향점이 같은 방향인지를 먼저 확인하는 것이 꼭 필요하다.

♥

익숙함에 속아
소중함을 잃어버릴 때

장기 여행을 하는 사람들이 이 말하는 장기 여행의 단점은
여행이 여행 같지 않아지는 것이라고 한다. 여행이 좋고 재미
있는 이유는 일상과는 다른 풍경과 낯선 상황에 놓임으로써
신선함과 기분 전환을 할 수 있기 때문이다. 그런데 그 여행
이 길어지고 반복되면 새로운 상황이 계속되는 것 자체에 적
응해 버리는 것이다. 아무리 새로운 것을 봐도 감흥이 없고,
낯선 곳에 가도 처음처럼 짜릿한 느낌이 들지 않는다. 일상에
서 벗어나기 위해 떠난 여행인데 그조차가 일상처럼 변해 버
린 것이다.

인간은 어떤 상황이라도 적응을 하고, 적응을 하면 그것에
지루함을 느낀다. 연애도 예외는 아니라서 '권태기'는 누구에
게나 쉽게 찾아오곤 한다. 권태기는 결혼한 부부에게도, 오래

된 연인에게도, 심지어는 그다지 오래되지 않은 연인에게도 나타날 수 있다.

'우리 혹시 권태기인가?'

이런 의문이 든다는 건 서로에게서 평소와는 다른 어떤 징후를 포착했기 때문일 것이다. 연락과 만남을 피한다든가 만났는데도 무미건조하다든가 아무 말도 하지 않은 채 각자의 핸드폰만 보고 있다든가. 카페에 앉아 멍하니 각자 30분, 1시간을 보내는 두 사람의 모습은 누가 봐도 사랑 넘치는 커플처럼 보이지는 않을 것이다. 권태기의 징후들은 스스로가 느낄 수도, 상대가 느낄 수도 있다.

만나도 재미가 없고 지루하니 시간이 가질 않는다. 솔직히 이럴 시간에 친구를 만나거나 내 할 일 하는 게 더 낫겠다는 생각도 든다. 스킨십도 싫어지고 이 사람과는 뭘 해도 별로라는 부정적인 감정이 강하게 들 뿐이다. 그래서 권태기를 겪으면 함께 있어도 외롭다. 확실히 예전과는 다른 감정선을 느끼지만, 그 이유를 뚜렷하게 찾을 수 없는 것이 대표적인 권태기의 증상이다.

권태기 체크 리스트

① 말수가 줄어들고, 중요한 이야기를 해도 무시하거나 대화를 피한다.

② 예전에 느꼈던 설렘이나 두근거림 등의 연애 감정이 둔해진다.

③ 성적인 만족도가 감소하거나, 상대로부터 더 이상 새로움이나 흥분을 느끼지 못한다.

④ 만남이 예측 가능한 일상적인 활동으로만 가득 차면서 색다른 경험이 부족해진다.

⑤ 개인적인 공간이 중요하게 느껴지며 서로 간에 더 많은 독립성을 확보하려고 한다.

⑥ 서로를 더 이상 찾지 않고, 함께 보내는 시간이 감소한다.

⑦ 그냥 넘어갈 법한 작은 문제들이 자주 큰 다툼으로 번진다.

⑧ 상대방에 대한 감사나 감동 등 긍정적 감정이 줄어든다.

체크 리스트 중 3가지 이상의 항목을 지속적으로 느끼고 있다면 권태기라고 판단할 수 있다. 이 상태를 그저 체념하며 지켜보기보다는 적극적으로 권태기의 원인을 파악하고 그에 맞는 해결책을 찾아 노력하면 충분히 극복할 수 있다.

권태기가 오는 원인은 두 가지이다. 하나는 상대의 외적인 모습 변화, 또 하나는 에너지 고갈이다.

나는 권태기 관련 질문을 받으면 가장 우선적으로 외모부터 점검하라고 조언한다. 결혼했거나 안 했거나, 자녀가 있거나 없거나, 금전적 여유가 많거나 적거나를 다 떠나서 현재 할 수 있는 만큼 본인을 최대한 가꾸라고 말이다. 외적인 프레임이 바뀌면 그 사람에 대한 감정도 달라질 수 있다. 특히 남자는 시각적 자극에 영향을 많이 받기에 더욱 그럴 수 있다. 당연히 어쩔 수 없는 신체적 이상, 병적인 증상, 임신 등의 경우를 말하는 게 아니다. 긴장감 없이 나태하게 지내느라 외모에 소홀한 경우를 이야기하는 것이다.

처음 만났을 때는 좋은 향기도 나고 찰랑이는 머릿결을 휘날리며 아름답게 등장했던 여자 친구가 혹은 데이트를 할 때면 깔끔하게 면도하고 댄디하게 차려입었던 남자 친구가, 불과 1, 2년 사이에 정반대로 변하면 어떨까? 세수도 하지 않고 머리도 감지 않은 채 늘 모자만 쓰고 편하게 트레이닝복만 입고 나온다면? 살이 쪄서 댄디한 옷들은 맞지도 않고 면도를 하지 않아서 항상 얼굴이 거뭇거뭇하다면? 매일 이런 변한 모습만 보인다면 결코 이전과 같은 강도로 매력이 느껴지지 않을 것이다. 결혼하고 체중에 급격한 변화가 오는 경우는 흔한 편이다. 마음이 편해져서 그럴 수도 있고 생활 패턴이 변해서일 수도 있다. 하지만 안타깝게도 그로 인해 배우자의 마음이 식는 경우도 많다. 원천적으로 감정이 변했다기보다는 성적 어필이 되지 않기 때문일 것이다.

외모가 변했다고 해서 마음이 변한다는 사실에 대해서 도덕적 판단이나 타당성 논의는 미뤄 두더라도, 그것이 권태기 유발의 주요 원인인 것은 거부할 수 없는 사실이다. 이성적인 감정에서 외모가 차지하는 비중은 크다. 언젠가 인간은 늙고 병들고 취약해지는 게 자연의 섭리이다. 그러나 그것을 지연시키고 넘어서기 위한 노력은 필요하다. 자신을 가꾸고 상대에게 보일 모습을 신경 쓰는 사람을 매력적으로 보는 것은 지극히 당연한 일이다.

사랑은 언제나 상호 작용이므로 본인의 외적인 면을 점검했다면 이제는 상대에게 원인이 있지는 않은지 살펴보는 게 좋다. 현재 상대에게 사랑이라는 것을 지속할 에너지가 충분한지를 말이다. 어쩌면 마음이 변해서가 아니라 그저 힘들고 지쳐서 휴식을 원하는 상태일 수도 있다. 사랑에는 에너지가 든다. 서로를 모르던 두 사람이 만나 관계를 이끌어 가야 하고 상대의 마음을 사로잡기 위해 노력해야 하며, 그렇게 생긴 감정에 책임을 져야 한다. 데이트도 계획해야 하고 쉬는 날을 쪼개어 서로를 만나야 한다. 기분이 상하지 않게 노력해야 하고 다퉜다면 풀어 줘야 하며 자신이 원래 살아오던 방식을 포기한 채 상대의 방식에 맞춰야 할 때도 있다. 이런 일련의 것들을 할 만한 에너지가 고갈되었을 때 권태기가 오는 것이다. 한 박자 쉬어 가야 한다는 신호일 수도 있다.

연애 말고도 다른 곳에서 에너지를 많이 사용하다 보니 금세 에너지 고갈이 찾아온 것일지도 모른다. 회사 업무와 가족 문제, 연인을 제외한 인간관계, 금전 문제 등 외부로 에너지를 빼앗기다 보면 연애에 투자할 에너지가 부족해지기도 한다. 상대의 삶에 큰 이벤트나 스트레스를 많이 주는 일이 있는지를 살펴본 후 어느 정도 에너지를 회복할 수 있도록 기다려 줘야 한다.

연애가 아니더라도 마찬가지이다. 유난히 컨디션이 좋을 때가 있다. 잠도 잘 잤고, 적절히 맛있는 음식을 먹어 배가 고프지도 않고, 에너지 넘치고 유난히 기분이 상쾌한 그런 날이. 그때는 엄마의 지긋지긋한 잔소리도 무난히 넘길 수 있다. 어쩌면 엄마에게 애교도 부리고 하라는 대로 잘 따를 수 있을 것이다. 그러나 회사에서 좋지 않은 일이 터져 기분이 최악인데 야근까지 해서 지칠 대로 지친 날, 오늘 너무 힘들다는 생각을 하는 도중 엄마가 잔소리를 한다면 참아 낼 힘 없이 터지는 것이다. 연인 관계도 이와 같다. 생활이 고달프고 힘들지라도 사랑하는 사람을 위해 남은 에너지를 끌어모아 기분 맞추기에 최선을 다하는 중인데 별것도 아닌 것에 예민하게 발언하는 순간 연애라는 것은 짜증 나고 귀찮은 행위가 되어 버린다. 정신적, 육체적으로 전부 고갈되어 에너지 방전 상태인 사람에게는 성적인 욕구조차 없다. 모든 게 무의미하고 눈에 들어오지 않을 것이다.

사실 상대가 이전과 다르게 마음이 식은 듯한 모습을 보이면 아무것도 하지 않은 채 기다리는 게 마냥 쉬운 일은 아니어서 오히려 반대로 행동하게 되기도 한다. 요새 변한 것 같다, 뭐가 문제냐 다그치는 말로 연애에 더 에너지 쏟기를 종용한다. 불안한 마음에 더 자주 연락하고 더 자주 만나고 싶을 것이다. 그러나 그럴수록 지친 상대는 연애가 더 하기 싫어진다. 그저 아무것도 안 하고 혼자 쉬거나 편한 친구들을 만나거나 게임 하는 걸 택할 것이다. 예전처럼 돌아오기를 보채면 보챌수록 에너지 고갈의 악순환이 반복되며 이별은 빠르게 다가온다. 그러니 진정 관계를 회복하고 싶다면 휴식이 필요하다는 징조를 인식하고 회복의 시기를 놓치지 않기를 바란다.

권태기는 마음이 완전히 식은 게 아니기에 그 원인만 정확히 파악하면 무사히 극복할 수 있다. 외모는 가꿔서 예전처럼 회복하면 되고 밑바닥인 에너지는 충전하면 된다. 그동안 사랑해 온 자신과 상대와의 관계를 믿고 당장 아무런 변화가 없는 것 같더라도 꾸준히 노력하며 기다림의 시간을 갖자. 이것을 받아들이지 못하고 중간에 포기하거나 상대만을 원망하며 다그쳐서는 안 된다. 원인에 대한 고찰 없이 상대가 무조건 예전처럼 돌아와 주기를 원한다면 권태기의 늪에서 영영 빠져나오지 못하고 이별을 맞이하게 될 것이다.

권태기를 극복하는 방법

　권태기를 맞이한 연인은 비참하다. 과거를 돌이켜 보면 '우리 정말 달달했는데…', '그렇게 행복했고 누구보다 잘해 줬는데…', '우리 영원히 끝나지 않을 것처럼 사랑했는데. 어쩌다 이렇게 식었을까.' 이런 생각을 하기 마련이다. 권태기를 당한 사람도 슬프지만, 권태기를 겪는 사람도 서글프긴 마찬가지다. 한때는 정말 사랑해서 손만 잡아도 설렜는데 이제는 그 모든 게 짜증 나고 귀찮기만 하다는 것 자체가 말이다.

　권태기는 사랑의 감정이 완전히 없어졌다기보다는 익숙함에 조금 무뎌진 상태일 뿐이다. 언어적 의미 그대로 권태로운 것이기 때문에 그 관성을 깨기 위해 이제는 새로운 것을 시도해야 함을 뜻하기도 한다. 과거 그 사람과의 연애에서 데이트할 때 어떻게 했는지를 떠올려 보자. 만나서 밥 먹고 커피

마시고 영화를 보고…. 반복되는 루틴대로 데이트하는 커플들이 대부분일 것이다. 권태기 극복을 위해서 새로움은 필수이다. 일상에 특별함을 가미하면 엔도르핀이 돌게 되는데, 그걸 연인과 함께 경험하면 우리 둘의 관계에서 엔도르핀이 샘솟는 것으로 느끼며 감정이 자연스럽게 회복되도록 만드는 것이다.

항상 집 근처나 동네에서만 만났다면 이번 주는 멀리 여행을 떠나 보는 것이다. 언제나 소비하는 데이트만 했다면 봉사활동을 하거나 걷기 대회에 참가하는 등 보람을 느낄 수 있는 활동을 함께해 보자. 헬스장에서만 운동하던 커플이라면 등산을 가거나 배드민턴을 쳐도 좋을 것이다. 이런 활동들이 부담스러운 집돌이 집순이들은 어떻게 하면 좋을까? 집 안에서도 충분히 변화를 줄 수 있다. 매일 음식을 배달시켜 먹었다면 오늘은 같이 장을 보고 요리를 해 보는 건 어떨까? 항상 TV를 보거나 핸드폰만 붙잡고 있었다면 보드게임을 하거나 함께 퍼즐을 맞춰 보아도 좋다. 변화의 방향을 함께 논의함으로써 데이트와 연애의 양상을 바꾸려 같이 노력해야 한다.

여기에서 포인트는 '같이'이다. 두 사람 모두 이 상황이 권태기라는 것을 인식하고 공감하며 그것을 정상적인 관계로 바뀌 나가려는 의지가 있어야 한다는 뜻이다. 우리 관계가 예전 같지 않다는 것을 알고 있으나 그대로 관계를 끊어 버리는 것 대신 서로 노력하기를 선택한 커플들은 으쌰으쌰 힘을 합쳐 관계를 회복할 수 있다.

7년째 연애 중인 한 커플은 무려 4번의 권태기를 겪었다고 한다. 권태기가 올 때마다 극복하기 위해 서로 다방면으로 노력을 했는데, 가장 크게 권태기가 왔을 때 시도해 봤다는 방법이 기억에 남는다. 두 사람은 시간을 내어 상대방이 마음에 들지 않는 부분을 1번부터 100번까지 종이에 적었다고 한다. 하기 전에는 100개까지 채우지 못할 거라고 생각했는데 권태기가 와서였을까, 생각보다 쉽게 채울 수 있었다고 한다. 그리고 그 목록을 서로 교환하고 그 단점들을 하나씩 어떻게 바꿔 가는지를 보여 주자고 약속했다. 서로가 서로에게 맞춤 피드백을 준 것이다. 연인이 단점이라고 느낀 각 항목을 개선하고 자신이 어떻게 변화하는지를 증명하며 시간을 보냈다고 한다. 그렇게 관심을 서로에게 두는 것이 아니라 더 나은 사람이 되기 위해 애쓰고 자기 자신에게 관심을 쏟는 시간을 통해 에너지를 채울 수 있었고 자연스레 권태기를 극복했다고 한다. 식어 가는 연인 관계에만 매달릴 게 아니라 본인을 더 나은 사람으로 바꿀 시간이 필요한 것이다. 두 사람 모두 권태기가 온 경우에는 서로의 장점과 단점 정리의 시간을 가지는 게 좋다. 이 커플은 지금까지도 너무 예쁘게 잘 만나고 있다.

사람은 누구나 좋은 점도 나쁜 점도 함께 가지고 있다. 그런데 권태기는 장점보다는 단점만이 부각되는 기간이다. 그렇기에 상대가 느끼고 있는 나의 단점들을 보완해 나가고 자신의 장점을 부각시켜 주면서 다시 한번 예전의 그 감각들을 되살리는 기회로 삼아야 한다.

만약 권태기가 한쪽만 와서 둘 모두 이런 노력을 하는 게 쉽지 않다면, 권태기가 오지 않은 쪽이 보채지 않고 기다리는 게 매우 중요하다. 보통의 상황에서는 대화로써 갈등을 풀어 나가고 관계를 개선하지만 한쪽이 권태기가 왔을 때는 대화가 오히려 독이 된다. 이 사실을 모른 채 억지로 대화를 시도하고 공감으로 풀어 나가려 하면 역효과가 난다. 권태기가 온 사람은 그 대화조차도 지치는 상황으로 받아들이기 때문이다.

"얘기 좀 해. 왜 그러는 거야?"
"내가 뭘 잘못했는데? 뭘 바꿀까?"
"왜 이렇게 시무룩하게 있어? 말 좀 해 봐."

이런 식으로 보채면 이것을 계기로 완전 마음이 식기도 한다. 둘 다 권태기가 왔을 때는 서로 노력해 풀어 가는 게 좋겠지만 한쪽만 권태기일 때는 권태기가 오지 않은 사람이 절대 대화를 억지로 시도하거나 보채지 않고 홀로 묵묵히 기다려 줘야 한다. 대화 시도는 기다리다가 지쳐서 이별해도 어쩔 수 없다는 각오를 가졌을 때만 해야 한다. 그런 마음가짐까지 들었을 때는 최후의 수단으로 자신이 느낀 관계 속 문제점을 언급해 볼 수 있다. 그건 이 연애를 끝내도 좋다는 것을 염두에 둔 상태다. 그러나 침묵하는 상대를 보며 입을 열 때까지 기다리고만 있는다는 게 참 어렵다. "그게 제 마음대로 안 돼요.", "너무 답답해서 대화하고 싶어요."라는 사람들이 많다. 명심하라. 그건 이별로 가는 지름길이다. 당장은 대화하여 표면적으로는 넘어가는 듯해도 권태기를 근본적으로 완전하게 극복한 건 아니기에 똑같은 양상의 권태기가 금세 찾아오고야 만다.

상대가 연애 에너지를 채우고 다시 대화할 의지가 생길 때까지 기다리는 동안 반드시 해야 하는 것이 자기 계발과 자존감 높이기, 외모 가꾸기다. 원래 서로를 모를 때가 가장 설레고 달달한 법이다. 그 점을 이용해야 한다. 뻔히 내가 다 알고 있는 연인의 일상, 속속들이 다 안다고 생각했던 상대가 자신이 예상한 패턴에서 벗어난 행동을 하면 색다르게 볼 수밖에 없다. 나를 닦달하고 보챌 줄 알았는데 묵묵히 기다리고, 그 시간 동안 발전해서는 새로운 것에 도전하고 점점 더 예뻐지는 모습을 보이다니. 그럼 자신이 알던 그 사람이 아니라는 생각이 들며 감정도 자연스럽게 리프레시 된다. 이 방법은 설사 그 권태기의 끝이 헤어짐이더라도 본인에게 해가 되는 방법이 절대 아니다. 더 발전하고 아름다워지는 것은 시간 낭비도, 에너지 낭비도 아닌 연애 과정에서 더 나은 자신이 되는 시간이기도 하다.

권태기는 이별이 아니다. 너무 조급해하거나 두려워하지 않으면 언젠가는 반드시 다시 당신을 찾을 것이다. 그때를 기다려야 한다. 서로 정말 사랑하는 연인이라면 그 기간이 그리 오래가지는 않을 것이다. 그 짧은 기간조차 배려하지 못하고 기다리지 못한다면 그 사람은 사랑받을 자격이 없다. 그렇게 조용히 기다리는 동안, 권태기를 앓고 있는 상대도 약간의 죄책감을 가질 수밖에 없다. 그래도 아직 연인인데 챙겨 주지 못해 소홀히 하고 다른 마음을 먹은 게 미안해서라도 말이다. 그래서 권태기를 극복한 이후에는 더 감정이 깊어지고 잘해 주기 마련이다.

　권태기는 누구에게나 올 수 있는 자연스러운 현상이다. 어떤 커플은 짧게 겪고, 어떤 커플은 길게 가고, 어떤 커플은 넘어서지 못해 이별할 뿐이다. 이별한 후에 재회하는 것보다는 권태기가 왔을 때 마음 돌리는 것이 훨씬 쉽다. 그러니 권태기가 왔을 때 최선을 다해 노력해야 한다. 그래야 어떠한 결과가 오더라도 후회를 남기지 않을 수 있다.

　일상의 평범이 얼마나 감사하고 큰 행복인지 종종 잊어버리곤 한다. 일어나서 회사에 가고 점심을 먹은 후 커피를 마시며 열심히 일하다가 퇴근하여 잠드는 삶. 물론 반복되면 지겨울 수도 있지만, 어느 순간 예기치 못한 불행이 닥치면 그 지루한 일상이 얼마나 간절하고 감사한지를 깨닫게 된다. 곁에 있는 연인이 너무나 당연하고 출근길 버스 창가의 풍경처럼 지루한 느낌이 든다면 익숙함에 속아 소중함을 놓치고 있는 것은 아닌지 돌아볼 때이다.

　비 온 뒤에 땅이 굳듯 권태기를 잘 극복한 커플은 신뢰를 쌓아 단단하고 안정감 있는 연애를 할 수 있다. 설렘을 주는 이성은 흔히 만날 수 있으나 신뢰와 안정, 행복을 주는 이성을 만나기는 어렵다. 다른 이성과 새로 시작하더라도 언젠가는 마찬가지로 권태기가 찾아올 것이다. 이 문턱을 함께 넘으면서 더 안정적이고 단단한 관계를 만들고 서로가 참 소중하다는 걸 마음 깊이 새겨 놓는 계기가 되길 바란다.

♥

재회가 가능한 단 하나의 경우

많은 사람이 이별의 순간에 상대에게 매달리고, 헤어진 이후에도 그 사람과의 재회를 원한다. 자신이 잘못한 것이 있으면 다 고치겠다고. 당신에게 모든 걸 맞출 테니 떠나가지 말라고. 행복했던 기억들을 떠올리며 다시 잘해 보자고. 처절할 정도로 빌기도 하고 울면서 무작정 집 앞에서 기다리기도 한다. 사랑하는 마음이 없어져 헤어지자는 사람에게 그렇게까지 매달리는 이유는 너무나도 당연하지만, 상대를 사랑하는 마음이 많이 남아 있어서이고 그 사람과의 관계를 끝내는 것이 너무나 두렵기 때문이다.

이별은 두 가지로 나눌 수 있다. 순간의 감정으로 이별을 통보하는 경우와 연애를 지속하며 이별과 만남 사이의 고민이 누적된 경우다. 전자는 충동적이고 감정적인 경우이고 후자는 생각해 왔던 것들이 겹겹이 쌓여 이성적으로 이별을 선택한 경우이다.

결혼 준비를 하다가 남자로부터 이별을 통보받은 여자가 있다. 결혼 준비를 하다 보면 선택할 것도 많고 생각해야 할 것도 많으니 여러 가지 크고 작은 문제들이 생기기 마련이지만, 이 여자는 금전적인 부분에서 선을 넘을 정도로 아집을 부렸다. 나는 결혼식에 대한 욕심에 힘겨워하는 여자에게 당신이 부담하지 못하는 금액이라면 상대에게도 강요하지 말 것을 조언했다. 결혼을 위해서는 어느 정도를 포기할 줄도 알아야 한다는 말도 덧붙였다.

그러나 여자는 그 부분을 포기하지 못했고, 결국 돈 문제로 크게 싸웠다. 그리고 그 싸움의 현장에서 남자가 정말 질린다며 파혼 통보를 했다. 헤어짐을 선고받고 멀어지는 남자의 뒷모습을 보며 눈앞을 다 가릴 정도로 눈물이 계속 났다. 그리고 그간 자신이 잘못한 것들, 남자가 배려해 준 것들이 한꺼번에 떠오르며 어딘가 한 대 얻어맞은 것 같은 느낌과 함께 '이 사람과 헤어지면 정말 안 되겠다.'라는 생각이 번쩍 들었다고 한다. 그래서 달려가 온 힘을 다해 그 남자를 잡았다.

이 연인의 경우는 이별의 유형 중 첫 번째에 해당한다. 이럴 땐 이별의 순간에 잡을 수 있고, 잡히기도 한다. 헤어지자고 말한 사람도 이별을 생각할 시간이 그리 길지 않았기 때문이다. 순간적으로 참을 수 없는 감정과 지친 마음에 충동적으로 헤어진 것이기 때문에 문제 되었던 원인만 개선하겠다고 의지를 보이면 잡힐 수도 있다. 이 두 사람은 다행히 현재 행복한 가정을 꾸리고 아이도 낳아 잘 살고 있다.

지금 잡지 않으면 평생 후회할 것 같은 느낌이 강하게 들 때는 머뭇거리지 말고 잡아야 한다. 만약 정말로 끝나게 된다면 더는 볼 수 없는 사람이 되므로. 그러니 한 번 시도라도 해 보는 것이 옳다. 뒤돌아서 긴 시간 후회하는 것보다 나으니 남김없이 감정을 표현하고 잡아라.

잡아서는 안 되는 경우는 이별의 두 번째 유형이다. 꽤 오랫동안 연애를 지속해 오면서 단점이 계속 눈에 걸려서 이별을 고민한다. 권태기인지 감정도 예전처럼 불타오르지 않고 더 이상 이성으로도 느껴지지 않으며 만나서 보내는 시간도 재미가 없다. 그때쯤에 다른 이성도 조금씩 눈에 들어온다. 그러나 그간의 정이 있으니 단번에 헤어지지는 못하고 이별을 유예한다. '헤어지자고 할까? 헤어지는 게 나을까? 그냥 이대로 조금 더 지켜볼까. 오늘 말해 버릴까. 아니야, 다음에 얘기하자.' 이렇게 계속 망설이다가 상대도 어느 정도 이런 고민을 눈치채고 만다. '그래, 오늘은 헤어지자고 해야지.' 마음을 정한 후 이별을 고하게 된다.

이런 경우 이별을 통보받은 쪽이 목 놓아 울며 붙잡는다고 해도 절대 잡히지 않는다. 상대를 잡으려는 쪽의 마음도 십분 이해가 된다. 상대는 오랜 시간에 걸쳐 마음을 털어 내고 감정을 정리했겠지만, 통보받은 사람에게는 너무나 갑작스러운 일일 테니. 이럴 때 이별을 고한 사람은 3가지 감정의 단계를 느끼게 된다.

1단계 미안함

비록 헤어짐을 고했지만 그동안 정도 많이 들었고 추억도 많고 애착을 형성한 관계이기에 상대가 울고 매달리면 미안한 감정이 강하게 올라온다. 그 미안함으로 인해 눈물이 나기도 한다. 헤어지자고 말하고도 눈물을 보이는 그 사람을 보면 '흔들리는구나.' 착각하고 이 판도를 뒤집을 수 있을 거라고 기대하며 매달리지만 미안함의 눈물일 뿐 사랑이나 후회는 결코 아니다.

2단계 냉정함

눈물을 그치고 이성을 되찾는다. 좋게 이야기하니까 더 붙잡는 상대를 보며 냉정해져야겠다고 마음을 다잡는다. 그래서 더 강하게 밀어붙인다. 그러면 눈물을 흘리다 갑자기 차가워진 상대의 태도에 정신을 차리지 못하며 더 처절하게 잡게 된다.

3단계 분노와 질림

처절하게 잡는 모습에 정이 떨어진다. 처음에 미안했던 감정도 사라지고 같은 말을 반복하게 하는 상대에게 질리고 화가 난다. 헤어짐을 고민했던 시간마저 아깝다고 후회할 수도 있다. 돌아서며 이 사람과 정리하길 잘했다고 생각한다.

헤어진 사람과 다시 만나는 것을 추천하지는 않는다. 그러나 하늘에 떠 있는 별과 같이 수많은 사연, 그 수만 가지 이별의 사유를 다 알 수는 없기에 분명히 어쩔 수 없는 이별을 한 사람도 있을 것이라 생각한다. 꼭 붙잡아야겠다는 이가 있다면 그런 사람을 위해 조언을 한다. 떠나가는 사람을 잡기 위해서는 감정이 1단계에 머무른 채 떠나가도록 해야 한다. 미안함과 조금의 애잔함을 마음에 가진 채 이별을 하면 돌아올 확률이 크다. 미안함의 씨앗으로 연락이라도 받아 주고 짧은 답장이나마 해 주는 등 자그마한 기회라도 생길 수 있는 것이다. 3단계까지 감정이 진행된 다음에는 재회의 가능성이 없다. 절대 그 사람의 마음을 돌릴 수 없다는 것을 꼭 알길 바란다.

이별은 어찌 되었든 아프다. 통보하는 사람은 정 때문에 힘들고 이별 당한 사람은 갑작스러운 충격에 고통스럽다. 그러나 감정에만 휩쓸릴 게 아니라 이성을 붙잡아야 한다. 우리에겐 이별 말고도 살아내야 할 삶이 있으니. 이별도 하나의 선택이다. 그 사람이 고민 끝에 내린 선택을 무시하지 말고 웬만하면 이별을 덤덤히 받아들이길. 구구절절 매달려 봤자 그 인연의 끈은 언젠가 끊어질 가능성이 크다. 이별을 하나의 계단으로 삼아 한 단계 올라가고 새로운 사람에게는 똑같은 실수를 하지 않는 계기로 삼으면 되는 것이다.

♥

잊지 못할 사람과 재회하는 법

　헤어지고 나서 상대에게 연락이 오기를 기다리는 사람들이 있다. 핸드폰을 붙잡고 메신저를 종일 들여다보고 SNS를 끊임없이 들어가 본다. 수없이 기대했다가 수없이 실망하고, '그냥 내가 먼저 연락을 해 볼까? 답장이 안 오면 어쩌지?' 불안, 실망, 아픔, 초조, 희망, 좌절…. 여러 가지 감정이 서로 뒤섞인다. 과거의 아름다웠던 순간들과 그리움으로 마음을 가득 채우면서 연락이 오면 이 모든 아픔이 사라질 거라고 기대하게 된다. '그 사람도 지금 나만큼 아플까? 지금쯤 무얼 하고 있을까. 내 생각을 조금이라도 하고는 있을까.' 이런 생각에 가슴이 찢어질 듯 아플 것이다. 사실 연락을 기다리는 게 아니라 그 사람의 마음을 기다리는 것이다. 다시 예전처럼 나를 사랑해 주기를, 우리 관계가 회복되기를 말이다. 재회라는 것은 이미 깨진 접시를 다시 붙이는 것만큼 어렵지만 확률을 조금이라도 높이고 싶다면 다음과 같은 '재회의 3원칙'을 반드시 지켜야 한다.

1 만나기 전까지는 무관심으로

질척대고 연락에 매달리는 방법으로는 떠나간 사람의 마음을 다시 사로잡을 수 없다. 자신이 다시 만날 준비가 완벽하게 될 때까지는 절대 연락하지 말고 결코 만나지 말아야 한다. 그 사람의 기억에서 어느 정도 잊혀져 새로운 사람을 만난다는 느낌을 줄 수 있을 때까지 철저하게 눈에 띄지 않아야 한다.

2 차단하지 않고 동태 살피기

이별 후에 SNS나 연락 수단을 모두 끊어 버리는 경우가 있는데, 다시 만나고 싶다면 차단까지는 할 필요가 없다. 먼저 연락하는 것은 안 되지만 프로필 사진, SNS 등으로 동기 부여를 받기도 하고 새로운 인연을 만나는 것은 아닌지 동태를 살펴야 한다. 여기에서 중요한 것은 1원칙에 따라 자신이 어떻게 살고 있는지는 드러내지 말아야 한다.

3 상대의 이상형으로 환골탈태

헤어진 후 시간이 지나 우연히 다시 만났는데 헤어질 때와는 완전히 다른 모습이 되어 있으면 누구나 다시 생각해 보게 된다. 환골탈태라는 것은 뼈를 깎는 고통이 수반된다. 그러나 그 사람이 없으면 안 될 것 같다면, 간절히 다시 만나고 싶고 관계를 회복하고 싶다면, 자신이 이미 아는 정보들을 활용하여 그 상대가 좋아하는 취향에 부합하게 환골탈태를 하면 좋다. 가꾸고 노력하는 데에 시간과 돈을 아끼지 마라.

떠나간 사람의 연락 자체에 집착하거나 큰 의미를 두지 말길 바란다. 그쪽에서 먼저 연락이 온다고 해도 예전과 같은 마음이 아니라 심심해서, 그냥 한번 재미로 했을 가능성이 크다. 전 애인이 아니라도 술 먹고 아는 이성에게 연락하는 사람들이 많이 있다. 그 연락이 모두 의미나 가치가 있을까? 그냥 놀고 싶고 심심해서 하는 경우가 많다. 연락만을 기다리면 재회는커녕 오히려 그 상대에게 휘둘려 연애도 이별도 아닌 애매한 사이가 되어 마음을 다칠 수 있다. 다시 만나고 싶다면 상대의 마음을 사로잡는 것에만 집중해야 한다. 다시 한번 새로 시작할 절호의 기회가 주어졌을 때 놓치지 않고 단번에 휘어잡을 준비를 하는 것이다. 적절한 타이밍을 노려서 단 한 번의 기회를 성공으로 만들어야 한다. 이렇게 노력하고 자기 관리에 힘쓰다 보면 의도치 않게 전 애인뿐만 아니라 다른 이성에게도 매력 어필이 되는 충분히 매력적인 사람이 되어 있을 것이다.

PART 3

지혜롭게 살고
현명하게 사랑하려면

♥

20대에 끝내면 좋은 것

젊은 날엔 젊음을 모르고

사랑할 땐 사랑이 보이지 않았네

하지만 이제 뒤돌아보니

우린 젊고 서로 사랑을 했구나

_언젠가는, 이상은

나이를 먹을수록 젊음이 부럽다. 자연의 섭리로 시간이 흐
르면 체력도 조금씩 잃어 가고 아무리 철저하게 관리한다고
해도 노화는 막을 수가 없다. 각자 인생의 파형은 모두 다르
겠지만 대부분은 20대를 청춘이라고 부른다. 가장 자유롭고
가능성이 열려 있어 모든 것에 도전할 수 있는 시기. 푸르르
고 싱그러운 몸과 마음. 억만금을 준다 해도 다시 되돌릴 수
없는 시절이지만, 젊은 날엔 젊음을 모른다는 말대로 20대일

때는 그 시간이 얼마나 중요하고 소중한지를 몰랐던 것 같다. 30대가 되고 나니 이제야 보이는 것들이 있다. '20대에 이렇게 했으면 더 좋았을걸…'하고 마음에 남는다. 현재 20대를 살아가고 있는 독자에게 20대에 하면 정말 좋은 것들에 대해 이야기해 주려 한다. 내가 말하는 것들만이 정답은 아닐 수도 있지만 적어도 오답 정도는 피하게 만들어 줄 것이다.

인생에서 전부는 아니더라도 없으면 삶을 힘들게 만드는 건 무엇일까? 어쩌면 쉽게 답이 나왔을지도 모르겠다. 바로 '돈'이다. 젊을 때 가장 먼저 해야 하는 것은 '돈 관리 습관'을 들이는 것이다. 현명한 소비를 하는 방법, 소득을 파악하고 저축하는 습관, 청약, 펀드, 주식, 보험 등 여러 재테크의 수단에 대한 공부를 해 두는 것이 좋다. 학업이나 취업 준비 기간이 길었거나 개인 사정에 따라 예외인 경우도 있겠으나 대부분 20대가 되면 사회에 발을 들이고 첫 월급을 받는다. 회사에 취업해서 신입 사원이 되어 받은 첫 월급, 프리랜서로 일하며 클라이언트로부터 받은 첫 작업료. 적은 돈일 수 있지만 어쨌든 자신의 힘으로 번 최초의 돈이다. 학생의 신분으로는 상상할 수 없는 큰돈으로 느껴질 수도 있다. 그래서 그 돈을 어떻게 써야 할지 몰라 괜히 낭비하기도 하고 처음으로 자취를 하고 사회생활을 시작하면서 필요한 각종 옷이나 물건들을 구입하느라 월급이 그저 통장을 스쳐 지나가기도 할 것이다.

그러나 적은 돈이라도 어떻게 운용하고 관리하느냐에 따라 모이는 금액이 조금씩 차이가 날 뿐 아니라, 금액 자체보다도 돈을 관리하는 습관을 들이면 미래에 점차 많은 금액을 다뤄야 할 때 당황하지 않을 수 있다. 세 살 버릇이 여든까지 간다는 속담처럼 사회 초년생 때의 돈 관리 습관이 평생의 경제관념을 좌우한다. 돈 관리 방법과 재테크는 개개인의 성향이나 처한 상황에 따라서 모두 다르니 사실 정해진 답이라는 건 없다. 그러나 그것을 고민하고 공부하는 시간, 그리고 작더라도 실제로 돈 관리를 하는 경험을 해 보는 것이 인생에서 정말 중요하다. 20대에 큰돈은 필요 없지만 좋은 돈 관리 습관을 들이는 것은 필수이다.

돈 관리 습관을 길렀다면 그다음으로 중요한 것은 바로 '외모'이다. 연애 상담이나 퍼스널 브랜딩 관련 컨설팅을 진행할 때 누누이 외모의 중요성을 강조한다. 물론 외모가 전부라는 의미는 아니지만 호감을 얻기 쉬운 외모일수록 누릴 수 있는 혜택이 다양해진다. 외모는 연애를 비롯한 인간관계, 사회생활 등 삶의 여러 부분에 상당한 영향을 끼친다. 특히 첫 만남이나 직접 대면 소통을 해야 할 때는 더욱 중요하다. 아침에 거울로 가장 먼저 그 모습을 보는 나의 자존감도 올라간다. 그래서 20대에 꼭 해야 하는 일 두 번째는 자기(외모) 관리 습관을 들이는 것이다.

TV에서 보는 아름다운 연예인들. 그들처럼 태어났다면 얼마나 좋을까. 태어나 보니 수지, 김태희라면 정말 소원이 없을 것이다. 그러나 대부분은 그렇지 못하니 그럴수록 부족한 부분을 개선하기 위해 노력하고 투자하고 가꿔야 한다. 피부, 머릿결, 이목구비, 몸매, 옷차림, 화장법 등 신경 쓸 부분이 너무나도 많다. 처음에는 어떤 것이 자신에게 어울리는지 몰라 헤매겠지만 인터넷에 수많은 정보가 많이 있으니 여러 가지로 도전하면서 자신만의 스타일을 찾아가 보는 것이다. 유행을 따라도 보고 파격적인 스타일에도 도전해 보자. 20대에 이런 시행착오를 겪지 않으면 나이가 들어서도 자신에게 어떤 스타일이 어울리는지 알지 못하고 꾸며야 하는 상황에서도 꾸밀 줄 모르는 사람이 된다.

외모 지상주의가 만연한 요즘, 외모가 개인 간 우열과 인생의 승패를 가르는 기준이라고 믿는 경향이 나타나면서 어린 나이에도 성형 수술을 하는 경우가 많아졌다. 성형을 권장하거나 비난하지는 않는다. 이것은 개인의 선택일 뿐이다. 그러나 본인이 꼭 하고자 한다면 미루지 말고 20대에 시행하는 것을 추천한다. 여드름 흉터, 고르지 않은 치아, 작은 눈 등의 콤플렉스로 인해 외모 스트레스를 많이 받는다면 자존감도 낮아질 뿐만 아니라 사회생활에도 크게 영향을 받을 수 있다. 그러므로 20대에는 돈을 많이 모으는 것보다 외모에 투자하는 것이 도움이 될 수도 있다. 30대에는 여러 상황에 의해 외적인 변화에 대한 시도가 20대보다 더 어려워질 수 있기 때문이다.

꼭 의술의 힘을 빌리지 않고 다이어트나 운동 등으로 외모를 가꿀 수도 있는데 마찬가지로 20대에 하는 것이 좋다. 한 가지 팁을 주자면, 운동은 20대에 아예 습관을 들여놓는 것이 평생의 큰 재산이 된다. 가끔 방송에서 나이 지긋한 어르신이 운동으로 몸짱이 되는 광경을 볼 수 있는데 정말 존경심이 들 정도로 대단한 일이다. 20대에 몸 만드는 것과 50, 60대에 몸 만드는 것은 난이도가 완전히 다르다. 나이가 들수록 근육량도 감소하고 신체 대사량도 줄어들 뿐 아니라 호르몬에도 변화가 와서 운동을 해도 몸을 만든다는 것이 쉽지 않기 때문이다. 다시 말하지만 운동은 어릴 때 시작할수록 이득이다. 나는 운동하는 것을 별로 좋아하지 않았다. 그래서 운동, 식단 등 하기 싫은 행동을 아예 눈뜨면 세수하고 양치하듯 당연한 습관으로 만들어 두었다. 운동은 건강적으로나 미적으로나 인생에 도움 되므로 20대에 꼭 시작하길 바란다.

세 번째는 연애 경험과 연애 가치관의 정립이다. 미란다TV 구독자 분들 중에 20대도 꽤 많은 비중을 차지하는 것을 보면서 정말 지혜롭다고 감탄하는 한편 부러움도 느낀다. 나는 20대 초반에 '연애'라는 단어의 무게를 크게 생각하지 않았던 것 같은데, 어떻게 벌써 연애의 중요성을 깨닫고 공부하고 알아 가려 노력하는지 말이다. 학창 시절 부모님과 선생님으로부터 공부하라는 잔소리를 지겹게 들었을 것이다. 공부하면 성공할 확률은 높아지겠지만 공부하지 않아도 충분히 성공할 수 있고 행복할 수 있다. 그런데 연애는 아니다. 미리부터 꼼꼼히 준비하고 마음속 깊이 그 지혜를 받아들이면 삶 자체가 완전히 달라지게 된다.

나는 그러지 못해 20대에 수많은 시행착오를 겪었다. 그러나 결과적으로 그 경험들이 살아가는 데 많은 도움이 되었기에 후회는 없다. 아직도 좋은 기억으로 남아 있다. 그렇다고 무분별하게 이 사람 저 사람과 만났다가 헤어지라는 의미가 아니다. 상처도 받고 갈등을 해결하는 법도 배우며 그 경험을 통해 자존감을 올리라는 뜻이다. 그리고 이왕 하는 거라면 조금 더 공부하고 준비하여 너무 아픈 상처는 입지 않도록 지혜롭게 연애하면 좋겠다. 20대에 해야 할 일로서 연애는 적극 추천한다. 상대를 사랑하고 상대에게 사랑받고, 서로 맞춰 나가고 의지하는 과정을 겪으면서 아름답게 성장할 수 있다.

그리고 가장 중요한 것은 '연애 가치관'을 확립하는 것이다. 내가 어떤 타입의 상대를 원하는지, 미래에 결혼할지 하지 않을지, 한다면 어떤 결혼 생활을 원하는지 등을 알아 가야 한다. 가끔 "저는 제가 어떤 사람을 좋아하는지 모르겠어요."라고 상담해 오는 경우가 있다. 그리고 입으로 이야기하는 가치관과 진짜 자신이 원하는 조건이 다를 때도 많다.

"저는 진짜 외모는 하나도 안 봐요. 그런데 똑똑했으면 좋겠어요."라고 말하는 사람에게 외모는 별로지만 정말 똑똑한 사람을 소개해 줬다. 그랬더니 외모가 별로라 만날 수 없다는 피드백이 돌아왔다. 분명 외모에 대한 나름의 기준이 있는데 스스로는 외모를 보지 않는다고 착각하는 것이다. 머릿

속으로 '나는 외모를 별로 중요하게 생각하지 않아.'라고 떠올린 건 실제와는 확연히 다르다. 이런 것은 직접 여러 이성을 만나 부딪치고 깨지면서 경험해야 알 수 있는 부분이다. 그러니 적극적으로 이성을 만나고 연애하고 사랑하라. 연애 경험을 통해서 기준과 가치관을 정립해 둬야 정말 좋은 사람이 나타났을 때 기회를 놓치지 않을 수 있다. 20대에 공부한다고, 유학 간다고, 자격증 딴다고, 아르바이트한다고…. 여러 이유로 연애를 저 먼 뒷전에 두는 모습을 보면 너무나 안타깝다. 충분히 연애하면서도 학업, 취업을 손에 쥘 수 있다. 어쩌면 그것들보다 사랑을 나누고 평생 함께할 배우자를 고르는 게 더 중요한 일일 수도 있다.

마지막으로 다양한 도전과 경험을 했으면 한다. 20대가 되면 갑자기 주어진 자유에 어찌할 바를 모르는 경우가 있다. 클럽에서 술을 마시고 매일 밤새 파티를 하며 허랑방탕한 생활을 하기도 하고, 혹은 아무것도 하지 않고 TV나 핸드폰을 붙잡고 있거나 PC방에서 게임을 하느라 온 시간을 다 보내기도 한다. 물론 그런 경험을 한두 번 해 보는 것도 나쁘지 않을 수는 있지만, 다시 오지 않을 시간이니만큼 그때에만 누릴 수 있는 것을 하는 것이 훨씬 값어치 있을 것이다. 20대라는, 대학생이라는, 젊음이라는 신분 안에서만 할 수 있는 것들을 충분히 즐겼으면 좋겠다.

길가에서 떡볶이를 팔아도 20대가 하면 청춘 영화의 한 장면처럼 멋이 있다. 젊은이가 일찍부터 열심히 사는 모습이 아름다워 보인다. 나는 20대 때 대학교 축제 시즌에 친구들과 함께 폭죽 장사를 했다. 다수의 경진 대회에 참가해 상도 받았다. 뷰티 블로그를 운영하면서 돈도 벌어 보고 여러 사회 활동에 참여해 봤다. 외국에 나가서 리포터도 도전해 봤고 먹기 대회에 출전해 상도 탄 경험이 있다. 하고 싶은 것이 생겼을 때 한 치의 망설임 없이 다양한 분야에 직접 도전하면서 많은 것을 느꼈다. 그 원동력을 기반으로 지금의 강연, 강의를 하고 유튜브를 운영하며 내 이야기를 전달하고도 있고 이렇게 책도 쓰고 있다. 당시 만났던 소중한 인연들이 현재도 내 주변에 남아 있어 새로운 인맥을 소개해 주기도 한다.

사람을 어디서 만나는지, 인연은 어떻게 구하는지, 인맥은 어떻게 형성하는지 궁금해한다. 그런 것들은 다양한 경험을 하지 않고는 이루어지지 않는다. 혹자는 이런 경험이 다 부질없다고 말하기도 한다. 그러나 단언컨대 아니다. 도전한다는 것은 정말 훌륭한 경험이다. 공부만 열심히 해 대학을 가는 것보다 몸으로 부딪치고 낯선 분야에 발을 들이는 경험이 더 소중하고 값지다고 생각한다.

20대는 회복도 빠르다. 실패해도 금방 일어날 힘이 있고 상처가 나도 금세 치유되는 회복력을 가지고 있다. 사실 젊으니 뭘 못할까 싶다. 그러나 나이가 들면 들수록 실패에 대한 회복이 어려워진다. 몸이 아픈데 돌봐 줄 사람도 없고 그만한 체력과 열정도 없다. 책임져야 할 것과 잃을 것이 많아서 도전 자체를 망설이게 되기도 한다. 20대에는 실패를 수없이 해도 다시 일어나는 게 가능하다. 어차피 마음에 품어 언젠가 하게 될 도전이라면 젊음이 만연하는 20대에 전부 해 보기를 추천한다.

설마 20대가 아니라고 좌절하고 있는가? 당신의 인생에서 오늘이 가장 젊은 날이다. 어느 나이대에 한정할 필요 없이 언제든 시작하면 반드시 삶에 좋은 것들이다. 늦었다고 생각할 때가 가장 빠른 때다. 당장이라도 시작해 보자. 당신의 삶을 바꿀 수 있는 것은 오직 당신뿐이다.

20대에 굳이 안 해도 되는 것

결혼

　진정으로 사랑하는 사람을 만나 20대에 결혼해 안정을 찾는다면 더할 나위 없이 좋을 것이다. 그러나 그게 아니라 어른들이 눈치를 줘서, 20대에 해야 할 것 같아서, 주변 친구들이 결혼해서 서두르고 있다면 조금 더 신중하게 생각해 보기를 바란다. 무조건 20대에 결혼할 필요는 없다. 결혼 타이밍은 각자 다르니까. 그 시기가 30대일 수도 있고 40, 50대일 수도 있다. 결혼의 때를 나 혼자 마음대로 정할 수는 없겠으나 20대에 끝내 버리려는 조급한 마음은 접어 두면 좋겠다. 20대에 경험할 수 있는 것들이 너무나 많은데 결혼으로 인해 그것들을 포기하거나 제약을 받을 수 있기 때문이다. 20대에는 자유롭게 하고 싶은 것들을 하고 도전과 실패를 경험하는 것에 최선을 다하길 바란다.

여행

여행은 정말 좋은 것이다. 여행을 통해 다양한 문화를 체험하고 소중한 사람과 추억도 쌓고 일상으로부터 받은 스트레스도 해소할 수 있다. 어쩌면 앞서 말한 '도전과 경험'의 일종일 수도 있겠다. 그러나 20대가 아니면 평생 하지 못할 것처럼 무리하면서까지 여행을 갈 필요는 없다.

어느 정도의 시간과 돈을 투자해야만 가능한 것이 여행이다. 환경적으로 여유가 있어서 남는 시간과 돈으로 여행을 갈 수 있다면 좋겠지만, SNS를 보면 20대들이 1박에 몇 달치 생활비를 치러야 하는 호텔에 묵고, 비행기 좌석도 비즈니스 이상에 탑승하면서 호사스러운 여행을 하는 모습을 목격하곤 한다. 그런 보여 주기 식 여행이 되지 않기를 바란다. 또 매년 혹은 방학마다 여행을 가려는 사람들도 있는데 꼭 그러지 않아도 괜찮다.

나이가 들어 골다공증이 생기고 고혈압과 당뇨 약을 챙겨 먹을 시기에 여행을 가서 천막에서 잔다 하면 건강에도 좋지 않고 너무나 힘들 것이며 어쩌면 초라하게 느껴질 수도 있다. 그러나 20대가 천막에서 자는 여행을 하는 것은 일종의 로망이기도 하고 힙한 감성마저 든다. 여행을 하더라도 무리하지 않는 선에서, 그 시기에만 할 수 있는 가치 있는 여행을 하면 좋겠다.

명품 소비

요즘 20대들이 명품을 소비하는 모습은 너무나 흔하다. 모임에 나가려면 명품 가방 하나쯤 있어야 하고 가방뿐 아니라 지갑, 화장품, 벨트, 신발, 티셔츠까지 럭셔리를 소비하는 연령대가 낮아진 만큼 소비 범위도 넓어졌다. 다들 가지고 있으니 괜히 나도 가지고 있어야 할 것 같은 강박에 빠지기도 한다. 명품은 개인의 가치를 판단할 수 있는 기준도 아니고 명품을 소유했다고 해서 내 자신의 사회적 지위가 올라가는 것도 아니다. 오히려 명품을 탐하다가 경제적 위기를 겪게 될 수도 있다. 그런 것보다는 자아의 성장과 진정한 가치를 찾기 위해 노력하는 게 더 의미 있는 일일 것이다.

빚을 내서 슈퍼카도 몰고 다니고 몇십만 원을 호가하는 오마카세를 가는 것이 유행이라고 하는데 그런 소식을 들을 때면 씁쓸하고 안타까워진다. 그런 것은 큰 의미가 없다는 걸 알기 때문이다. 물론 나도 명품을 즐겨 하고 좋아한다. 그러나 여행과 마찬가지로 내가 명품을 살 만한 수준인지를 꼭 생각해야 한다. 사치하고 과시성 소비를 할 돈으로 저축하고 투자하고 하다못해 외모를 가꾸는 것이 훨씬 바람직하다고 생각한다.

♥

30대에 중요하게
챙겨야 하는 것

30대를 겪어 보니 인생에 있어서 30대가 정말 중요한 시기임을 뼈저리게 느낀다. 20대는 경험을 해 보고 가능성이 열려 있는 리허설이었다면, 30대는 본격 무대 위에 선 느낌이랄까. 인생은 실전이고 냉혹하다는 것을 깨닫게 되는 시기인 것도 같다.

살면서 가장 중요한 것은 건강이다. 다른 것은 있어도 되고 없어도 되지만 건강은 필수적으로 지켜 내야 한다. 20대에는 건강한 게 너무나 당연했다. 밤새 술을 마시고 노래방에 해장까지 3차, 4차로 달려도 다음 날 아침에 끄떡없었으니까. 그러나 세월 앞에 장사 없다고 요새는 12시만 넘어도 힘들다는 소리가 절로 나온다. 확실히 몸이 예전 같지가 않다. 30대에 가장 먼저 챙겨야 하는 것은 누가 뭐라 해도 건강이다. 사실 나도 내가 이렇게 건강에 대해 이야기할 줄은 몰랐다. 그러나 내 몸이 달라지는 것이 느껴지고, 친구들 중에서도 암에 걸리거나 고혈압이나 당뇨 등 지병을 앓고 있는 사람들이 하나둘 생기다 보니, '이제 정말 관리해야 하겠구나.'라고 느껴졌다. 결혼할 때도 본인의 건강뿐 아니라 배우자의 건강도 매우 중요해서, 나는 실제로 그 건강 문제가 발목을 잡아 헤어진 적도 있을 정도이다.

건강관리는 어떻게 하면 좋을까? 20대에게도 운동이 중요하다고 이야기했으나 평생의 습관을 들이려는 목적과 예뻐지기 위함이었다면 30대의 운동은 정말 생존의 문제이다. 자신에게 꼭 필요한 운동을 찾아서 해야 하는 시기이다. '운동' 자체보다는 '건강'에 조금 더 초점을 맞추어 관심을 가져야 한다는 말이다. 근육이 부족하거나 직업병으로 인한 재활 치료 중이라면 알맞은 근력 운동을 해야 한다. 콜레스테롤이 높다면 그에 맞는 식단과 유산소 운동을 해야 한다. 관절이 아프다면 스트레칭과 바른 자세를 유지해야 한다. 자신이 취약한 신체 부위나 진단받은 병이 있다면 충분한 관심을 가지고 관리를 했으면 좋겠다.

담배를 피워 건강이 좋지 않다면 목숨 걸고 담배를 끊어야 하고, 당뇨라면 식단을 지키든 약물을 처방받든 하여 혈당 관리를 해야 한다. 당뇨라면서 탕후루, 밀가루 음식을 매일 먹는 사람들이 흔하다. 경각심을 가져야 할 때다. 주기적으로 건강 검진을 받아서 큰 병을 예방하고 귀찮더라도 건강한 음식을 먹길 바란다. 비용이 들더라도 적절한 관리와 치료를 받고 꾸준히 영양제도 챙겨 먹는 루틴을 만들면 좋다.

그리고 조금 따끔한 말일 수도 있지만 비만과 고지혈증을 진단받았다면 목숨 걸고 다이어트를 해야 한다. 이건 미美적인 것과는 별개로 목숨이 걸려 있는 문제라는 것을 명심해야 한다. 모든 것을 이뤄 놓고 아프면 다 무슨 소용인가. 벌어 놓은 돈, 사랑하는 사람이 있어도 병에 걸려 죽으면 아무 소용이 없다. 사고나 자연재해가 나는 것은 인간의 힘으로 어쩔 도리가 없다. 그러나 사는 동안에는 건강하고 활력 있게 살 수 있도록 자신이 할 수 있는 만큼 최선을 다해 삶의 질을 유지하려 노력하는 것이 행복한 삶을 위한 지혜로운 태도이다.

30대가 되었음에도 아직 부모님이나 애인이 건강까지 챙겨 주기를 바라거나 의지하지 말자. 내 건강은 내가 스스로 챙겨야 마땅하다.

돈을 잃는 것은 조금 잃는 것이요

명예를 잃는 것은 많이 잃는 것이며

건강을 잃는 것은 전부를 잃는 것이다

두 번째로 중요하게 챙겨야 하는 것은 '커리어'이다. 20대에는 탄탄한 커리어를 갖춘 능력 있고 멋진 어른이 된 30대의 나를 상상하고는 한다. 그때쯤이면 모아 둔 재산도 조금 있고 작더라도 내 집 장만도 하고 좋은 차를 타고 다닐 것이라 막연한 꿈을 꾸며 말이다. 그러나 30대는 의외로 녹록하지 않다. 만약 대학에 나와서 일반적인 코스를 밟아 취업했다 하더라도 대리나 과장 정도, 혹은 빠르게 승진했다면 팀장급일 수도 있겠다. 오랫동안 학업에 매진한 사람은 이제 막 입사해서 낯선 환경에 적응 중일지도 모른다. 취업 준비를 하다가 어떠한 결심으로 진로를 변경한 사람은 겨우 시작을 앞두고 있을 것이다. 이 모든 걸 겪을 수 있는 나이가 30대다. 일찍이 뚜렷한 성과를 낸 사람도 있을 수 있겠지만 보편적으로 보면 무언가를 이뤄 냈다고 이야기하기에는 이른 시기이기도 하다. 그런데 나이는 먹었고 몸은 한두 군데 고장 나기 시작한다. 뭔가를 이뤄 놓았어야 할 듯한데 아직 무엇도 이룬 것이 없는 느낌에 조급함마저 든다.

커리어적인 면에서는 희망 고문만 하고 싶지는 않다. 이제 방황을 끝내고 무엇으로 먹고살 것인지 내 갈 길을 정해야 한다는 의미이다. 반대로 생각하면 어쩌면 어떤 일을 새롭게 시작할 수 있는 정말 마지막 시기라고도 할 수 있겠다. 30대는 포기하기엔 이른 나이다. 지금 하고 있는 일에 확신이 든다면 그것에 매진하면 되고, 그렇지 않다면 여태 해 온 일을 버리고 충분히 새로운 길을 찾을 수도 있다. 요리를 할 수도, 미용을 할 수도, 증권사에 들어갈 수도 있다. 그러나 '이렇게 지내다가 40, 50대에 새로 시작해도 늦지 않겠지.'라는 안일한 생각을 하지 말고 30대에 끝낸다는 마음가짐으로 도전하라는 말이다. 미친 듯이 치열하게 달려야 한다. 이 시기에는 정말 자신의 업을 위해 목숨 걸고 일해야 한다. "30대는 무한한 가능성이 열려 있어요. 얼마든지 새로 시작하세요, 여러분!" 같은 입에 발린 소리는 하고 싶지 않다.

30이라는 숫자의 허울 때문에 보여지는 것에만 집착하는 이들이 많다. 명품, 외제 차 같은 건 의미가 없다. 열심히 살면 재력은 알아서 따라오게 되어 있다. 30대에는 긴급하게 돈이 꼭 필요한 특수한 상황이 아니라면 돈을 좇기보다는 앞으로 갈 길의 방향을 확인하기를 바란다. 그 길의 초석을 다지는 데 미치도록 매진하고 노력했으면 좋겠다.

건강관리를 열심히 하고 커리어를 위해 총력을 다하는 것은 앞으로의 삶을 영위하기 위한 초석을 다지는 것이다. 그러나 인간은 기계가 아니기에 그렇게 자신을 조이고 일만 하다가는 과로사할 수도 있다. 휴식 시간과 스스로에게 보상으로 줄 만한 것이 꼭 필요하다. 그래서 세 번째로 챙겨야 하는 것은 바로 취미이다.

취미가 뭐냐고 물어보면 많은 이가 영화 보기, 독서, 음악 감상이라고 말한다. 이런 보편적인 것도 좋지만 정말 애정을 가지고 할 수 있는 것, 엔도르핀을 듬뿍 채워 줄 수 있는 취미를 찾아서 꾸준히 하는 것을 추천한다.

일과를 끝낸 후 밴드 동호회에 가서 기타를 연주하거나 노래를 부르며 그 시간에 모든 스트레스를 해소해 보는 것이다. 검도나 유도, 수영과 같이 에너지를 쏟아 낼 수 있는 취미도 좋겠다. 뮤지컬이나 연극 모임에서 무대를 준비해 올려 보는 것은 어떨까? 소소하게 맛집 탐방이나 관심 있는 애니메이션, 연예인 관련 동호회 등 깊게 생각하지 않고 교류할 수 있는 모임도 좋다. 어떤 사람들은 이렇게 말한다. "시시콜콜한 모임 말고 부동산, 재테크 같은 정보를 나누는 발전적인 모임을 해야지."라고. 그러나 시시콜콜할수록 살아가는 데 힘이 되는 경우가 많다. 모이는 이유가 시시콜콜한데 꾸준히 만나는 이유는 모이는 사람들끼리 무언가 통하며 좋은 에너지를 주고받고 있기 때문이다. 취미 생활에서조차 뭔가를 이뤄 내야 한다는 생각을 가지지 말길 바란다. 그냥 풀어헤치고 자신을 다 놓아 버리며 자신의 마음을 위로하고 감정을 다듬어 주는 그런 취미 활동을 찾았으면 좋겠다. 사회생활에서 받은 스트레스와 압박을 해소할 수 있는 창구는 그것들을 견딜 이유와 일상의 원동력이 되어 줄 것이다.

마지막으로 챙겨야 할 것은 '사랑'이다. 30대의 사랑은 다양하다. 사랑의 결실이 꽃 피워 결혼을 하거나 출산을 하고 가정을 이루는 경우도 있고, 기존의 사랑이 시들어 가기도 할 것이다. 싱글일 수도 있고 이제 막 싹을 틔워가는 단계일 수도 있다. 모두가 저마다의 사랑을 한다. 그러나 만약 이번 생에 결혼을 꼭 해야겠다고 결심한 사람이라면 30대엔 치열하게 그 목표를 향해 나아가야 한다. 뜨겁게 연애하고, 이별하고, 사랑해야 한다.

연애를 하면서 많은 것을 깨달을 수 있다. '남자는 이렇고 여자는 이렇구나.', '이런 이유 때문에 헤어졌지만 이런 점을 고쳐서 다음 사람에게는 정말 잘해야겠다.' 이번 사랑이 마지막 사랑이기를 바라며 최선을 다할 때 서로를 존중하고 배려하는 방법을 깨우치고 자기 자신에 대해서도 새로운 면을 발견할 수 있다. 그러다가 또 실패를 한다면 좌절하겠지만 실컷 슬퍼하고는 털고 일어나 다시 사랑을 찾아 나서라. 그러다 보면 정말 소망했던 끝사랑을 찾게 될 것이다. 시작은 항상 마지막 사랑을 꿈꾸곤 하지만 매번 성공하는 것은 아니다. 해피 엔딩일 수도 있지만 아닐 수도 있는 것이다. 그런데 한 번 이별하고 상처 입었다고 해서 무너지고 좌절하면 안 된다. 새로운 인연을 외면하고 혼자서 위축되어 더 이상 내 인생에는 사랑이 없을 것처럼 굴지 말아라. 그럴 시간도 없고 그 시간조차 아까울 정도로 30대의 시간은 너무나 빨리 가기 때문이다.

나에게 조언을 구하거나 상담을 요청해 오는 분들 중, '인생을 헛산 것 같다.', '사랑을 모르고 중요성을 뒤늦게 깨달았다.', '너무 공부만 했나 보다.' 이런 고민을 하는 이들이 많다. 커리어를 위해서 치열하게 산 것은 절대 부끄러운 게 아니다. 오히려 정말 잘 살아온 것이니 후회하지 말길 바란다. 지금부터라도 남은 시간을 사랑으로 채워 가면 된다. 자신이 어떻게 마음먹느냐에 따라 달려 있다.

나조차도 내가 말한 것들을 완벽하게 해내고 있다고는 생각하지는 않는다. 못하는 것도 많고 놓치는 것도 많다. 하지만 더 나은 삶을 위해, 그리고 나중에 후회하지 않기 위해 이것들을 챙기려고 항상 노력한다. 나는 30대 후반이 되어 40대가 되기 전의 시간을 보내며 이 시기를 여러 가지를 도전할 수 있는 최후의 기회라고 생각하고 마지막 도전을 준비하고 있다. 30대 후반이라서 촉박함을 느끼는가? 그럼 매 1달을 1년처럼 써라. 그러면 10년이 남는 것이다. 물론 40대도, 50대도 늦지 않았다. 중요한 것은 지금 몇 살이냐가 아니라 얼마만큼 열정적으로 살아갈 태도를 갖추었냐이다. 절대 늦었다고 생각하지 말고 각자가 생각하는 각자의 소중하고 중요한 시기를 보람 있게 보낼 수 있기를 바란다.

♥

인연은 절대
그냥 오지 않는다

결혼하고 싶다, 연애하고 싶다, 너무 외롭다···. 입버릇처럼 말하는 사람이 있어 도와주려고 하면 의외로 간절함이 없어 갸우뚱하게 될 때가 있다. 정확히 말하면 마음은 간절할지언정 행동은 그렇지 못한 것이다. 새로운 인연을 만나는 것이 왠지 두렵고 용기가 없어서일 수도 있고 '내가 이렇게까지 해서 연애를 해야 하나?'라는 생각을 하는 것도 같다.

20대 초반에는 이성을 만날 기회가 많은 편이다. 대학교 수업, 동아리, 스터디 모임, 술자리, 친구들, 그 친구의 친구들까지. 그래서 자연스럽게 만남을 추구한다는 일명 '자만추'를 해도 비교적 쉽게 이성과의 만남을 가질 수 있다. 그러나 나이가 들면 현실적으로 만남의 기회는 서서히 줄어든다. 출근하고, 하루를 불태워 일한 후 퇴근하면 피곤에 절어 잠들고,

주말에도 평일에 쌓인 피로를 풀기 위해 집에서 쉬는 경우가 대부분이라 동선이 매우 한정되기 때문이다.

그러나 우리는 언제까지 젊지도 않고 영원히 살아 있는 것도 아니다. 주어진 시간은 제한적이므로 어느 순간 기회가 왔다면 그 기회를 온 힘을 다해서 잡아야 한다.

약속을 하나 잡으려고 해도 이날은 이래서 별로고, 이날도 안 되고 이때는 일이 있어서 어렵다고 한다. 좋은 마음으로 인연을 만들어 주려고 했으나 조건이 까다로우니 서로 피곤해진다. 인연을 만나는 것을 최우선으로 두고 힘써야 하는데 실질적으로 노력은 하지 않으면서 말로만 인연을 만나고 싶어 하는 것이다. 뭐든지 가지고 싶다면 간절해야 한다. 절실함을 노출해야 한다는 말이다.

연애와 결혼에 있어 가장 어려운 것은 무엇일까? 바로 사랑을 '시작'하는 것이다. 사랑이 있어야 연애도 하고 결혼도 할 것 아닌가? 노력한 만큼 결과가 어느 정도 비례하여 나오는 일들이 있다. 공부는 오래 앉아서 열심히 하면 지식이 늘어나고 성적이 오른다. 운동도 매일매일 꾸준히 하면 어느 순간 건강해지고 몸이 변화되어 있다. 그러나 사랑은 그렇지 않다. 그렇기에 더욱 기회가 왔다 싶을 때 전력을 다해야 하고 더 적극적이고 저돌적으로 해야 한다. 내가 만나고 싶을 만큼 매력적인 이성은 남들 눈에도 매력적일 것이다. 그 사람이 괜찮은 사람이면 괜찮은 사람일수록 그에게는 더 다양한 선택권이 주어진다. 그렇다면 나는 그 매력적인 사람에게 어필하고 선택받기 위해 더 가까이 다가가 매력을 보여야 하는 것이다. 그런데 사소한 것 때문에 꺼리거나, 이래서 안 되고 저래서 안 되는 조건이 많거나, 인연을 찾는 것이 우선순위가 아니라 다른 것에 정신 팔려 있는 등 소극적인 모습을 보이면 좋은 사람을 만날 수 없다.

이성에게뿐 아니라 주변 사람들에게도 마찬가지이다. 곁에 좋은 사람들과 귀인들을 많이 두고 그 사람들에게 최선을 다해 내가 좋은 사람임을 어필하고, 연애하고 싶다는 표현을 해야 한다. 그래야 그 사람들이 소개를 해 주든지 모임에 불러 주든지 할 것 아닌가. 변화하지 않으면 안 된다. 인연은 절대 그냥 오지 않는다. 어떻게 해야 사람들이 나를 필요로 할까? 어떻게 해주면 좋아할까? 어떻게 하면 좋은 이미지를 남길 수 있을까? 고민하고 연구하면서 꼭 마음에 드는 이성이 아니더라도 주변 사람들과 신뢰를 쌓고 좋은 관계를 맺어라.

그러면서 인연을 찾고 있다는 메시지도 꾸준히 던져야 한다. 그렇게 관계의 범위를 넓혀 가다 보면 생각지도 못한 루트로 인연이 찾아오게 된다.

간절하지 않다면 어떤 탓도 하지 마라. 몸이 아파서 거동이 불가능한 것이 아니라면 말이다. 항상 하던 식으로 지냈는데 연애를 못 했다면 그 삶의 방식으로는 연애를 못 한다는 것이 증명된 것이다. 그런데 여태까지와 똑같은 루틴으로 삶을 살면서 멋진 인연이 짜잔! 하고 나타나기를 바라는 것은 소설이나 드라마 같은 환상 속 로맨틱을 바라는 것이다. 내가 해 왔던 모든 것에 작은 변화라도 줘야 한다. 그중 어떤 것이 문제여서 인연이 없었는지 모를 일이므로 조금씩 변수를 늘려 가면서 이성을 만날 수 없게 만들었던 환경을 바꾸어 가야 한다.

다이어트할 겸 운동도 시작해 보고, 이 사람 저 사람 만나도 보고, 평소 관심 분야가 아니었던 모임도 나가 보고, 종교 활동도 해 보는 거다. 나만 연애를 못 하는 것 같은가? 주변 사람들 보면 클럽에서 만나기도 하고, 결혼 정보 회사에서 만나기도 하고, 어플로 만나기도 한다. 그런데 그런 곳은 이상한 사람밖에 없을 것 같아 시도도 하지 않지는 않았는가. 아무엇도 안 하는 것보다 백번 낫다. 그곳에서 이슈가 생기고 해프닝이 생기고 경험을 통해 무언가를 얻을 수 있다. 단정 짓지 말고 용기를 내어 뭐라도 해라. 그래야 인연을 만날 수 있다.

주변에 귀인을 두는 법

꼭 이성이 아니더라도 인연이란 인생에서 중요한 역할을 한다. 주변에 좋은 사람이 많은 것, 소위 말하는 인복이 좋아야 좋은 인연도 찾아오는 법이다. 사람은 주변의 도움과 영향을 받으며 성장한다. 사람이 전부다. 주변 사람 때문에 망하기도 하고, 주변 사람 덕분에 흥하기도 한다. 곁에 귀인을 두기 위한 방법이니 마음에 담아 두었다가 꼭 실천하기를 바란다.

① 의도 없이 사람을 대하라

목적성을 가지고 사람에게 접근하거나 사람을 도구로 대하지 말고 자연스럽게 싹튼 인연 자체를 귀하고 소중하게 여겨야 한다. 의도가 없는 선한 사람들은 귀인으로 하여금 돕고 싶고 이끌어 주고 싶은 욕구를 불러일으킨다.

② 변화의 의지를 보여라

귀인은 자신으로 인해 사람이 바뀌어 가고 발전하는 것을 보고 싶어 한다. 귀인의 조언을 받아들이고 실천하려는 노력을 보인다면 하나라도 더 주려고 할 것이다. 반대로, 변하는 게 하나도 없거나 노력의 의지가 보이지 않으면 귀인도 '내가 무엇을 위해서?' 라는 의심을 품으며 떠나게 된다.

3 작은 관계도 소중히 하라

난초의 이파리를 닦듯이 인연 하나하나를 소중히 생각하고 돌봐라. 언제 어떻게 도움을 받게 될지 모르고 지금은 아닐지라도 언젠가 귀인이 되어 줄 수도 있다.

4 누군가의 귀인이 되어라

인간관계는 유기적이다. 어려운 인연을 그냥 지나치지 말고 도움을 줄 기회가 생기면 적극적으로 돕고, 줄 수 있는 것이 있다면 베풀어라. 도움을 받은 사람이 내가 어려움에 처했을 때 귀인이 되어 줄 수 있다.

5 받은 만큼 돌려줘라

모든 사람의 시간과 비용은 소중하다. 귀인들은 대가를 바라지 않고 베푼다고 해서 무작정 받고만 있지 말고 감사함을 담아 돌려주려고 노력해야 한다. 그런 모습을 보일 때 귀인은 더 함께해야겠다고 결심할 것이다.

♥

갈등을 지혜롭게 해결하려면

연인 사이에 갈등 없이 내내 행복만 하면 좋겠지만 누구나 갈등은 피할 수가 없다. 군이 연인 관계가 아니더라도 세상에 갈등 없는 인간관계가 어디 있겠는가. 갈등이 있다는 것은 어쩌면 서로에게 관심이 있고 사랑이 있고 싸울 에너지가 남아 있다는 긍정적인 신호일 것이다. 갈등이 일어났다고 그관계가 끝나는 것도 아니다. 부드럽게 화해하고 나면 사이가 돈독해지고 더 끈끈해져 서로에 대해 잘 이해하는 계기가 되기도 한다. 지혜롭게 갈등을 해결하기 위해서는 딱 3가지만있으면 된다. '긍정, 경청, 유머'이다.

'긍정'의 표현으로 먼저 선 공감 후 의견 제시를 한다. 공감의 표현이 우선이라는 것이 포인트이다. "그랬구나. 힘들었겠다." 얘기해 주며 상대의 감정을 긍정해 주는 게 먼저다. 다른사람도 아니고 내가 사랑하는 사람이기에 그 사람이 나와의 갈등으로 인해 속상하고 힘들었다면 그것을 알아주고 이해해 주는 것은 응당 나의 몫이다.

상대의 입장과 감정을 긍정하면 상대는 마음의 문을 열고 적극적으로 자신의 이야기를 하기 시작할 것이다. 그러면 경청의 자세를 갖추고 다 들어 주는 것이다. 중간에 끊거나 반박하지 말고 상대의 생각이 어떤 것인지 완전히 흡수한다. 공감하고 경청까지 했다면 그다음에는 "그렇게 생각했구나. 네 입장 들어 보니까 내가 몰랐던 부분이 있고 충분히 그럴 수 있겠다는 생각이 드네. 내 생각은 이랬어…" 하고 부드럽게 자신의 의견 제시를 하는 것이다.

이렇게 얘기했는데 상대가 막무가내로 자신의 입장만을 고집하거나 마음을 열지 않고 단호하게 나온다면 그런 사람과는 앞으로도 소통이 되지 않을 테니 길게 관계를 이어 나갈 필요가 없다. 하지만 대부분의 사람들은 이렇게 공감부터 한 후에 자신의 의견을 얘기하면 곧잘 들어 주곤 한다.

만약 자신이 잘못한 것이 있다면 정확하게 사과를 한 후에 추가로 대안을 꼭 제시해야 한다. 연애 기간이 길어지면 연애 초반과는 다른 모습을 보이기도 하고 사소한 일들이 쌓여 큰 오해를 불러일으키기도 한다. 정말 사랑이 변해서 그런 것이라면 관계의 유통 기한이 다한 것이니 어쩔 도리가 없겠지만, 마음은 그대로인데 표현상의 문제와 실수 때문에 생긴 갈등이라면 바로잡을 수 있다.

예를 들어 상대가 "아무리 바빠도 굿나잇 전화는 하고 싶은데 요새 왜 말도 없이 그냥 잠들어? 많이 서운해."라고 불만을 이야기했다고 생각해 보자. 이때 변명을 하느라 "바쁘면 깜먹을 수도 있지 뭘. 앞으로 전화하면 되잖아."라고 말하거나, 사과를 하더라도 "알겠어. 미안해. 내가 잘못했네. 됐지?" 이런 식으로 진심이 담기지 않은 표현으로는 갈등이 해결되기는커녕 더욱 깊어질 뿐이다. 앞서 말한 '공감과 경청 후 의견 추가 대안 제시'의 방법을 잊지 마라. 말투도 문제이지만 이러한 일이 다시 일어났을 때 해결 방안이 구체적으로 없으면 비슷한 다툼이 반복될 수밖에 없다.

이렇게 말해 보면 어떨까? "○○아, 진짜 힘들었지? 하루 마무리에 목소리 듣고 잠들자던 약속 못 지켜서 정말 미안해. 앞으로는 밤 11시 정도에는 알람 해 놓고 내가 너한테 무조건 연락할게." 자신의 잘못이라는 것을 인지했다면 정확하게 사과를 하고 재발 방지 약속과 함께 앞으로 이런 일이 다시 발생했을 때 어떻게 하겠다는 대안 제시를 하면 더욱 좋다.

그렇게 함으로써 갈등이 완전히 봉합될 수 있다.

이렇게 갈등이 봉합되고 있다면 마무리에는 유머로 웃음을 자아내야 한다. 연인 사이의 유머라는 것은 다른 게 아니다. 연인과 함께 있으면 어떤 순간에 가장 웃음이 나는지를 생각해 보자. 웃기는 농담이나 거창한 코미디를 해서가 아니다. 적극적으로 애정을 표현하고 애교를 부릴 때이다. 다툰 후 화해를 했다고 해도 감정적으로 상처도 남아 있고 서먹서먹할 수 있다. 그럴 때는 애교 섞인 목소리와 표정으로 "이제 다 풀렸어?" 하고 작은 스킨십을 해 보자. 갑작스럽게 백허그를 한다거나 은근하게 팔짱 끼거나 귀엽게 볼뽀뽀 한다거나 말이다.

사랑에 빠지면 모두 아이가 된다. 연인을 아기 다루듯 하면 싸울 일이 줄어든다. 아이들을 훈육한 후에는 꼭 안아 주는 것이 좋다고 한다. 엄마 아빠가 너를 싫어해서가 아니라 사랑해서 그런 것이라는 걸 알려 주는 과정이다. 마찬가지로 이런 다툼도 다 사랑이 있어서이고, 우리 이렇게 싸웠지만 여전히 너를 사랑한다고 적극적으로 표현하는 것이다. 상대의 표정이 사르르 풀리면서 자신도 모르게 미소 짓는 모습을 보게 될 것이다. '잘 해결되어서 너무 다행이다.' 이런 안도감과 평안함을 느끼며 서로 행복감을 나눌 수 있을 것이다.

진심이 담긴 사과는 힘이 있다

진심 어린 사과는 상대방의 상처를 치유하며 관계를 개선할 수 있는 특별한 치료제이다. 상대로 인해 상처 입었을 때 진심으로 듣고 싶은 말은 '변명'이 아니라 '사과'이다. 진심이 담긴 사과 한마디는 마음을 녹일 뿐만 아니라 원래의 관계로 회복해 준다.

말이라는 것은 한번 내뱉으면 주워 담을 수가 없다. 순간의 감정으로 해서는 안 될 말을 했을 때, 곱씹어 보니 자신이 정말 잘못 말했다는 것을 깨달았다면 그 실수를 되돌릴 수 있는 단 한 가지 방법은 '진심으로 사과하는 것'이다.

어린아이들도 알고 있을 만큼 너무나 당연한 말이지만 의외로 이것을 하지 않는 사람이 많다. "그렇게 말한 건 내 실수였어. 미안해." 실수라는 말로 얼버무리는 대충하는 사과는 안 된다. "나는 그때 그럴 수밖에 없었어." 변명하는 말도 안 된다. "네가 갖고 싶어 하던 거 사 줄게. 화 풀어." 진심이 담긴 사과가 아닌 다른 방법으로 그 사람의 마음을 돌리려고 하지 마라.

다른 요령 부릴 생각하지 말고, 할 수 있는 최선을 다해서 정말 진심으로 얼마나 뉘우치고 후회하고 있는지 표현하라. 그리고 다시는 그런 잘못을 반복하지 않을 것임을 약속하라. 그리고 그렇게 진정으로 마음을 전했다면 그에 대한 판단은 상대방에게 넘겨야 한다. 사과에 대한 판결은 오롯이 상대의 몫이다. "내가 이렇게까지 사과했는데 이제 그만해야 되는 거 아니야?" 이런 마음을 가져서는 안 된다. 실수를 만회하고 관계를 이전처럼 되돌리고 싶다면 상대가 온전히 용서할 때까지, 진심을 알아줄 때까지 사과하고 기다리는 방법뿐이다.

♥

결혼에 성공한 커플들은
이렇게 말한다

우리나라 부부들의 이혼 사유 부동의 1위는 '성격 차이'이다. 절반에 가까운 부부가 성격 차이로 이혼을 하는데, 이혼 사유 2위는 경제적 문제, 3위는 배우자의 외도라고 하니 돈도 있고 바람을 피우지 않아도 서로 성격이 맞지 않아 헤어진다는 것이다. 성격 차이라는 것이 한 명은 내성적이고 한 명은 외향적이기 때문에 안 맞는다는 그런 차원의 문제가 아니다. 모든 커플의 성격이 다 같을 수도 없거니와 서로가 다르다는 것은 어느 정도 파악한 후에 결혼을 결심하기 때문이다. 성격이 달라서가 아니라 그것을 맞춰 가지 못하고 그로 인해 '소통'이 안 되기 때문에 헤어지는 것이다.

너무 사랑해서, 이 사람이 없으면 안 될 것 같아서 결혼했음에도 말 한마디 때문에 그 사랑이 식어 버릴 수 있다. 상대와 대화가 통하지 않는다는 생각이 들면 그 관계도 끊어지는 일이 허다하다. 모든 연애가 그렇듯 대화 때문에 싸우고 대화를 통해 풀어 간다. 그렇기에 대화라는 것은 연애를 할 때도 중요하지만 그 이상으로 본 게임인 결혼 후 관계 유지를 위해서도 매우 중요하다. 서로를 잘 모를 때나 연애할 때는 조심스럽게 조율하고 배려하며 말했지만 결혼하면 긴장의 끈을 놓아 대화의 파장이 어긋나고 소통이 단절되며 결국 이혼으로까지 치닫게 된다. 그만큼 말에는 힘이 있다. 서로를 이해하고 언제나 사이가 좋아 보이는 커플들도 분명 가치관과 성격의 차이가 없지 않을 텐데 어떻게 대화하길래 그렇게 큰 다툼 없이 지낼 수 있는 것일까. 그들만의 대화 방법이 따로 있을까?

포인트는 '어떻게 말하는가.'가 아닌 '어떤 말을 해서는 안 되는가.'이다. 사랑하는 연인 간에 관계를 좋게 지속하기 위해 절대 해서는 안 되는 화법에 대해서 이야기해 보려 한다.

두 사람의 사이를 갈라놓는 가장 안 좋은 대화 방식은 바로 막무가내 화법이다. "어쩌라고.", "그래서 뭐, 됐거든?", "아, 알았으니까 그만 말해." 초등학생도 아니고 다 큰 어른들이 누가 이렇게 말하냐고 하겠지만, 놀랍게도 많은 커플이 이렇게 대화한다. 귀찮다는 이유로, 서로가 익숙하다는 이유로. 연인 관계뿐 아니라, 가족 간에도, 친구 간에도 이런 방식으로 대화하면 사이가 좋아질 수 없다. 소통하고 공감할 생각 없이 무조건 그 상황을 회피해 버리고 소통을 차단해 버리는 것이다. 이런 태도를 가진 사람에게 대화를 시도하는 것은 닫힌 문을 향해 혼자 얘기하는 격이다. 다소 어렵더라도 상대의 입장에서 이야기를 잘 듣고 서툴러도 자신의 입장도 잘 얘기할 수 있도록 노력해야 한다. 그리고 그렇게 상대의 입장을 파악했다면, 상대가 정말 싫어하는 것만 피해도 일단 절반은 소통에 성공하는 것이다.

상대가 좋아하는 걸 못 해 준다고 해서 그 사람이 떠나가진 않는다. 그러나 상대가 정말 싫어하는 행동을 하면 그 사람은 떠나게 된다. 즉, 상대가 원하는 말을 해 주는 것보다는 상대가 싫어하는 말을 하지 않는 것에 더 신경 써야 한다는 말이다.

예를 들면 상대가 자신을 배제하는 표현을 싫어한다고 가정해 보자. 무심코 "이건 내 일이니까 당신은 신경 쓰지마."라고 말했을 때 상대가 매우 서운해하면서 진지하게 부탁하는 것이다. "다른 건 다 좋은데 내가 당신과 상관없다는 그런 말

235

은 상처가 되니까 하지 말아 줬으면 좋겠어." 그렇다면 아무리 심하게 다투었다 하더라도 상대에게 이런 류의 말은 하지 않아야 한다. 그 사람과의 관계가 계속 이어지기를 바란다면 말이다. 100가지 행동을 잘해도 1개 잘못으로 와르르 무너지는 게 연애고 사랑이다. 우선적으로 해야 하는 것은 상대가 어떤 말을 싫어하는지 파악하고 그것을 절대 하지 않는 것이다.

소통 疏通 은 단어 자체의 뜻처럼 언제나 쌍방이어야만 의미가 있다. 즉, 항상 상대가 원하는 방식대로 맞추기만 할 것이 아니라 자신이 원하는 바도 정확하게 말을 해 줘야 진정한 소통이라고 할 수 있다는 것이다. 연인이라면 서로를 배려하고 존중하는 것이 아름다운 사랑의 모습일 것이다. 그런데 싸우는 게 싫어서, 갈등을 회피하고 싶어서, 말이 안 나와서, 상대가 떠날까 봐 무서워서 등 여러 가지 이유로 할 말이 있음에도 불구하고 참기만 하는 경우도 있다.

과도한 인내는 독이다. 할 말이 있음에도 불구하고 묵묵히 참다 보면 나중에는 결국 폭발해 버리고 만다. 누구도 참으라고 강요한 적 없는데 "나도 더 이상은 못 참아!" 하고 헤어짐을 고한다. 그리고 그제야 그동안 마음속에 쌓아 두었던 것을 줄줄이 말하는 것이다. 이런 방식은 결코 바람직한 대화법이라고 할 수 없다. 그 폭발한 사람의 이야기를 듣고 있는 입장도 내내 아무 이야기도 안 하다가 갑자기 쏟아지는 말들에 어이가 없기는 마찬가지고 말이다. 지나치게 사소한 것에도 투정 부리며 매일 징징대는 행동을 하지 말자는 것이지 갈등 해소에 꼭 필요한 말이나 서운함 자체를 꽁꽁 숨기라는 것은 아니다. 건강한 관계를 위해서는 마음속에서 상대에게 느껴지는 감정을 솔직하게 터놓고 이야기할 줄 알아야 한다. 사랑하는 상대에게 내 마음의 상태도 솔직하게 얘기하지 못한다면 그 관계를 유지할 필요가 있을까?

말은 칼보다 더 깊은 상처를 남기기도 하고, 말 한마디로 천 냥 빚을 갚기도 한다. 말을 어떻게 하느냐에 따라 관계를 완전히 망가뜨리기도 하고 사랑을 샘솟게도 한다는 뜻이다. 상대에게 항상 부드럽고 달콤한 사랑의 말을 건네주길 바란다. 그것은 상대만을 위한 것이 아니라 결국엔 당신의 행복을 위하는 길이 될 것이다.

상대를 떠나가게 하는 말투

1️⃣ 다른 사람들은 이렇게 해 주던데

전 연인, 혹은 다른 이성과 비교하는 말. 이런 말을 할 거라면 차라리 다른 이성과 연애하는 것을 추천한다.

2️⃣ 나 좋아하는 거 맞아?

어차피 답은 정해져 있음에도 반복적으로 애정을 확인받으려는 말. 장난이나 애교 섞인 한두 번이면 몰라도 그 이상은 상대를 질리게 한다.

3️⃣ 뭘 잘못했는데? 내가 왜 화내는 줄은 알아?

상대가 잘못했다면 잘못을 말해 주고 화난 이유도 설명을 해 주면 된다. 이런 말로는 갈등의 원인 파악도 안 될뿐더러 감정싸움만 하게 만들 뿐이다.

4️⃣ 네가 뭘 알아? 제대로 알지도 못하면서

상대를 무시하는 말. 자존감을 깎아내리는 말은 절대 해서는 안 된다.

5 내 일이니까 신경 쓰지 마

애정을 담아 걱정하고 신경 쓰던 마음을 무너지게 하는 말. 상대로 하여금 거리감을 느끼게 한다.

6 살 빼고 자기 관리 좀 해

건강이 걱정되어서가 아니라 단순 외모 지적은 하면 안 된다. 상대도 이미 그 사실을 알고 있을 가능성이 높다. 굳이 자존심에 상처 주고 억지로 강요하는 말을 해서는 안 된다.

7 내가 준 것 다 돌려줘

선물은 한번 주면 끝이다. 돌려받을 만큼 아까운 물건이라면 애초에 선물하지 않는 게 맞다.

8 우리 헤어지자

헤어질 생각도 없으면서 상대가 잡아 주기를 바라는 마음으로, 혹은 심사숙고하지 않고 순간적인 감정 표현으로 버릇처럼 뱉어 버리는 사람이 있다. 상대를 사랑한다면 함부로 해서는 안 되는 말이다.

♥

결혼을 결심하게 되는 순간

오래 봐 온 연인의 모습에서 불현듯 '결혼하고 싶다.', '이 사람과 결혼해야겠다.' 생각이 드는 순간이 있다. 그 모습을 계기로 결혼 생각이 없었다가도 만남에 대해 진지하게 생각해 보게 되기도 하고, 사랑이 더욱 깊어지기도 한다. 그런 순간의 공통점은 상대의 어떤 행동이 결혼 후의 모습을 상상하게 만든다는 것이다.

예를 들어 데이트 중에 길에서 아이를 보고 예뻐하며 웃는 연인의 모습을 보면 상상의 나래를 펼치게 된다. '우리가 결혼을 해서 아이를 낳으면 저렇게 예뻐하겠구나.' 하면서 결혼 후에 자녀를 낳고 알콩달콩 사는 모습을 자연스럽게 연상하는 것이다. 자신을 위해서 요리를 해 준다거나, 도시락을 싸 주는 등의 모습을 보고도 결혼 생활을 떠올릴 수 있다. 단정한 신혼집에서 예쁜 그릇에 정갈하게 담긴 밑반찬들, 퇴근 후 보글보글 찌개 끓는 소리, 나를 위해 요리를 하고 있는 사랑하는 사람의 뒷모습 등. 이 과정을 통해 결혼 생활에 대해서 구체적으로 상상해 보게 되고 결혼을 꿈꾸게 된다. 재테크에 관심이 있는 모습이나 야무지게 포인트 적립을 하는 등 절약하는 모습을 보면서, 알뜰살뜰 서로의 재산을 불려 나가기 위해 노력하고 가정을 잘 꾸리는 모습을 그려 보게 되기도 한다.

이런 조건을 가진 사람이니 결혼을 해야겠다고 이성적으로 판단한다는 뜻이 아니라, 자연스럽게 결혼 후의 생활을 연상하게 하거나 상상하게 하는 그런 찰나에 본능적으로 결혼을 결심하기도 한다는 것이다.

상대의 행동이 계기가 되어서가 아닌 본인의 상황에 따라서 결혼을 결심하게 되는 경우도 있다. 살면서 물질적으로나 정신적으로 큰 위기가 닥치곤 한다. 잘해 보려고 온갖 노력을 기울였던 사업이 망하기도 하고, 몇 년 동안 준비했던 시험에 떨어지기도 한다. 위태롭고 큰 위기에 봉착하면 남자든 여자든 연애 같은 건 다 집어치우고 그 일을 처리하고 본인의 감정을 추스르기에 바쁘다. 하지만 마음의 홍수가 한 차례 지나고 나면 그 혼란의 시기에 곁을 지켜 준 그 사람이 너무나 고맙고, 내 연인만 한 사람이 없다는 것을 깨닫게 된다. 그리고는 이 사람과 가정을 꾸리고 싶다는 마음이 들곤 한다.

큰 좌절의 순간에 따뜻하게 손 잡아 주면서 "그래도 당신이 나한테는 최고야." 이렇게 말해 주는 모습을 보며, 위기가 왔음에도 떠나지 않고 옆에 있어 주는 것을 보며 관계에 확신을 가진다. 사실 위기의 순간에 관계의 깊이를 가늠할 수 있게 되는 것은 모든 인간관계에서 통용되는 원리이다. 시련을 통해 관계의 진정성을 확인하게 되는 것이다.

의리와 믿음을 보여 준 내 사람에게 결혼해서 꼭 행복하게 해 주고 싶고, 반대로 그 사람에게 위기가 닥친다면 보호해 주고 챙겨야겠다는 다짐을 하게 한다. 위기는 진짜와 가짜가 구분되는 계기이다. 그렇기에 내 연인에게 확신이 있다면 위기가 왔을 때가 오히려 진심을 보여 줄 수 있는 기회라고 생각하고 전적으로 믿어 주고 지지해 줘야 한다.

좋은 일이 생겼을 때도 마찬가지로 결혼을 결심할 수 있다. 정말 큰 부를 획득하거나 꿈꿔왔던 목표를 달성했을 때, 그 기쁨을 가장 먼저 나누고 싶은 한 사람이 떠오른다. 그 순간에 '만약 이 사람이 진짜 내 가족이라면 어떨까.', '이 사람에게 이 공을 다 돌리고 싶다.'라는 생각이 드는 자신의 모습을 보며 결혼을 다짐하기도 한다.

마지막으로 연애로는 이 사람과 더 이상 가까워질 수 없다는 한계를 느낄 때이다. 연애를 하는 과정은 풍선을 부는 것과 같다. 풍선을 한 모금씩 불면 크기가 커지듯 서로 조금씩 가까워지고 하나씩 알아 가면서 사랑을 키워 간다. 그러다 어느 순간 그 풍선이 가득 차서 더 이상 커질 수 없는 순간이 온다. 연애를 통해서는 더 이상 가까워질 수 없다는 한계가 찾아올 때, 그때는 풍선이 터질 일밖에 남지 않은 것이다. 그렇다면 적절한 선에서 그 풍선을 매듭짓고 다음 단계인 결혼이라는 풍선을 불기 시작해야 한다. 한계가 왔다는 것은 다음 단계로 넘어가야 한다는 신호이기도 하지만, 계속 불다가는 그 관계가 터져 버릴 수도 있다는 말이기도 하다. 연애의 풍선이 지나치게 커지면 권태기가 오기도 하고, 감정이 서서히 식어 가기도 하고, 오해와 갈등이 쌓이기도 하며 그 위태로움을 서로가 느끼게 된다.

물론 비혼주의나 동거 등 여러 가지 가족의 형태가 있지만 가장 보편적인 형태의 결혼과 가정을 꿈꾸는 사람이라면 연애의 풍선은 터지기 전에 매듭을 짓고, 그다음 풍선으로 옮겨 가야 한다. 그 순간을 느꼈을 때 서로가 잘 소통해서 타이밍을 맞추려 노력한다면, 그 미묘한 순간을 포착하여 결혼에 골인할 수 있을 것이다.

♥

연애 중이어도
결혼은 어려운 당신에게

"우리 내년에는 꼭 결혼하자."

"언젠가는 해야지, 해야지…."

연애를 하는 많은 커플이 결혼 앞에서 이런 대화를 주고받는다. 처음 이런 얘기가 오갈 때는 설레는 동시에 부담도 되고 조금 겁도 나는 등 생경한 느낌이 들었지만, 이런 얘기가 반복해서 나와도 딱히 달라지는 건 없다 보니 이제는 그냥 하는 말이려니 한다.

결혼에 대한 말은 스스럼없이 하지만 진행은 하고 있지 않다면? 여러모로 결혼해도 괜찮을 것 같은 분위기이지만 구체적으로 정해진 사항은 없다면? 답은 간단하다. 결혼을 하고 싶고 해야 하는 사람이 직접 추진력을 가지고 진행하면 된다. 상대와 어느 정도 긍정적으로 결혼 얘기가 오갔다면 함께 살 집, 결혼식장, 스드메 스튜디오, 드레스, 메이크업을 줄여 이르는 말 등을 알아보고 직접 예약하면 된다. 시작은 빠를수록 좋다.

"그건 저 혼자만 원하는 결혼 같아서 별로예요."

이런 생각을 하는 것이 문제다. 당신의 연인은 바보가 아니다. 인생에 한 번이라면 한 번뿐일 결혼을, 절대 하기 싫은데 끌려가듯 하는 사람은 없다. 본인이 정 하고 싶지 않다면 당신이 하는 일에 거부 반응을 보이며 브레이크를 걸 것이다. 그렇게 되면 그 사람과는 인연이 아닌 것이니 결혼 준비를 진행해 가면서 상대의 마음도 다시 한번 확인할 수 있다. 본인은 꼭 결혼을 해야 하는데 상대가 그런 태도를 보인다면 오히려 시간 낭비 하지 않고 결혼하지 않을 인연을 정리할 수 있으니 다행이라고 생각해야 한다.

'이 사람이다.'라는 확신이 있고 결혼을 꼭 하고 싶다면 구체적인 사항들부터 빠르게 진행하는 것을 추천한다. 결혼을 원하는 것이 뭐가 어때서 눈치를 보는가? 결혼을 원하지도 않은 사람과 연애하는 것이 오히려 시간 낭비 아닐까? 그렇게 둘 중 한 명이라도 나서서 이끌어 가면 시간을 허비하지 않을 수 있지만, 상대가 알아서 하겠거니 하면서 기다리기만 하면 시간은 그저 흘러갈 뿐이다. 혼자 준비하라고 해서 처음부터 끝까지 혼자만 애쓰라거나 모든 것을 부담하라는 것이 아니다. 조별 과제를 할 때 조장이 업무를 나누어 맡기고 프로젝트를 이끌어 가듯이, 상대가 부담해야 할 것과 본인이 해야 할 것, 양가 부모님께 도움받을 것 등을 조율하는 역할과 실질적으로 알아보고 예약하는 일을 주도적으로 하면 된다.

중요한 팁을 하나 주자면 "인생에 한 번뿐인 결혼식인데…"라는 명분으로 결혼식에 집착하는 사람들이 있다. 결혼식은 살아가는 데 아무런 의미가 없다. 결혼식은 결혼해서 부부가 함께 살아가는 것의 아주 작은 통과 의례일 뿐이다. 그것에 너무 집착해서 귀중한 시간과 돈, 에너지를 낭비하지 말길 바란다. 지혜롭고 현명한 사람은 결혼식 이후에 함께 살아가는 삶에 집중한다. 눈을 조금만 낮추면 어렵지 않게, 큰 고생하지 않고 결혼 준비를 할 수 있다. 너무 넉넉하게 준비하려고 하고 모든 절차를 다 챙기려고 하기 때문에 어려움이 생기는 것이다.

♥

결혼 전에 꼭 확인해야 할 것

현재 우리나라 이혼율이 아시아 국가 중 1위라고 한다. 많은 이들의 축복을 받으며 결혼했지만 갈등 끝에 이혼하는 부부들도 많고 결혼을 조율하는 과정에서 파혼하는 경우도 있다. 청첩장 돌리고 파혼하면 식장에 들어가기 전에 헤어져서 다행이고, 신혼여행을 가서 헤어지면 아이가 생기기 전에 헤어져서 다행이라고 하고, 자녀가 있을 때 헤어지면 자녀가 2~3명이 아닌 게 어디냐고 한다. 모든 이혼에는 마땅한 이유가 있고 이혼 후의 삶 또한 응원하지만, 그렇다 하더라도 일단 결혼을 향해 가는 과정에서 이혼하지 않기 위해 최선을 다해 봐야 할 것이다. 그러기 위해서 미리 헤어질 수 있을 만한 요소들을 체크하고 보편적인 사례들을 통해 검증된 최소한의 요소들만이라도 살펴본다면 성공적인 결혼, 그리고 결혼 후 행복하게 살아갈 초석이 마련될 것이다.

◼1 건강

가장 중요한 체크리스트이다. 내 건강과 배우자의 건강, 둘 다 모두 중요하다. 왜냐하면 결혼한 후 부부는 하나의 운명 공동체가 되기 때문이다. 한 명이 아프면 다른 한 명도 괴롭고 힘들다. 당수치가 높아서 평생 당 관리를 해야 하는 사람도 있고, 심장 질환이 있어서 주기적으로 병원에 방문해야 할 수도 있다. 이런 사항은 배우자의 삶에도 많은 영향을 미칠 수 있는 부분이기 때문에 결혼할 상대에게 숨겨서는 안 된다.

B형간염은 임신했을 때 태아에게 감염될 수 있는 질병이기에 산전, 산후 관리가 필수인 질병이다. 여성은 자궁, 호르몬, 자궁경부암, 난소암, 불임 등의 검사, 남성은 전립선, 호르몬, 정자 등을 검사해서 자녀 계획에 문제가 있긴 않을지 확인해 보아야 한다. 그 외에도 풍진, 혈액, 갑상샘, 간 등 전체적으로 검진해 보면 좋다.

"저희는 건강 검진 하지 않고 결혼했는데도 행복하게 잘 사는데요?"라는 부부도 분명히 있을 것이다. 하지만 그건 그들이 운이 좋고 복 받았다고 생각하는 게 맞다. 건강하고 행복하게 잘 살고자 결혼하는 것이기에 불행을 막기 위해서 서로가 이 부분에 적극적으로 임하는 것은 당연한 일이다.

건강에 문제가 있다고 헤어지라는 말이 아니다. 최소한 모르고 결혼해서는 안 된다는 말이다. 서로의 질병을 알고 어떻게 대처할지, 감당할 수 있는 정도인지를 알아야 추후 찾아올 큰 불행을 막을 수 있다. 이렇게 검사를 다 받고도 나중에 갑자기 병에 걸린다면 그건 어쩔 수 없는 일이다. 부부가 서로 함께 의지하며 이겨 내야 한다. 검사 결과를 서로 나눠 보면서 "당신은 콜레스테롤 수치가 높네. 우리 같이 운동하고 식단 조절하자." 걱정해 준다면 사랑도 돈독해지고 건강도 챙기는 일석이조 아니겠는가.

2 돈 · 재산

결혼은 현실이고, 인생에서 중요한 것들을 논할 때 돈은 빠뜨릴 수 없는 요소다. 먼저 두 사람의 현재 자산과 생활 능력을 파악해야 한다. 상대와 이런 것을 전부 터놓고 논의한다는 게 왠지 부끄럽고 자신이 없어 꺼려진다면 아직 결혼하면 안 된다는 증거이다. 결혼 전에 생활 주도권은 누가 가질지, 자금 관리는 누가 할지, 가계 계획은 어떻게 할지 등 상호 협의해야 할 것이 많다. 그러기 위해서는 서로의 자산 정도를 투명하게 오픈해야 한다. 누가 얼마큼의 수입이 있고 어떤 부분에서 지출이 많은지, 얼마가 남고 그중 줄일 만한 지출은 어떤 게 있는지, 그렇게 아껴서 남은 돈은 어떻게 쓸 것인지, 얼마큼은 노후를 위해 함께 저축하고 얼마큼을 현재의 행복에 쓸 것인지, 자산을 불리기 위해 어떤 투자를 할 것인지 등을 함께 논의하고 협의해 나가는 게 결혼 생활이다.

빚, 대출금, 정기적으로 나가는 지출 같은 건 숨기지 말고 이야기해야 한다. 반대로 상대에게 이런 사항을 물어보는 것에 눈치 보지 말기를 바란다. 누군가는 수입이 넉넉할 수도 있고 누군가는 적을 수도 있다. 그러나 내가 선택한 사람이라면 그 금전적인 면을 제외하고도 많은 장점을 가진 사람일 것이다. 어려움도 기쁨도 다 함께 가지고 가려면 상대를 믿고 모든 것을 오픈한 다음, 앞으로 어떻게 해 나갈지 함께 의논해야 할 것이다.

3 가족 관계

결혼은 개인과 개인의 결합이면서 동시에 가족 간의 결합이기도 하다. 시댁과 친정 관계를 어떻게 정립할지도 미리 논의할 시간이 필요하다. 자신에게 당연하고 익숙한 일도 상대의 집안에서는 그렇지 않을 수도 있고 반대도 마찬가지라 서로 이해하지 못하는 순간이 분명히 온다. 그런 사소한 갈등이 계속 쌓이면 서로의 집안에 대해 불만을 가지고 이는 다툼으로 번지기도 한다.

어떤 가정은 부모님이 자녀에게 경제적으로 의지할 수밖에 없어 매달 생활비를 드려야 할 사정이 있을 수 있다. 그 사람은 사회생활을 하면서 매달 부모님께 생활비를 드리지 않은 적이 없을 것이다. 어떤 가정은 부모님이 오히려 자녀에게 용돈을 주며, 당신들 걱정은 말고 너희 앞가림만 잘하면 된다고 말하기도 한다. 부모와 자녀가 독립된 분위기를 가진 가정이다. 누구는 잘했고 누구는 잘못했다는 것을 따지는 것이 아니라, 서로가 다르다는 것을 확인할 필요가 있다는 말이다.

경제적인 측면뿐만 아니라 생신이나 기념일, 어버이날 등을 챙기는 일, 방문하여 안부 인사를 하거나 전화를 드리는 일. 부모님뿐 아니라 형제자매와의 관계까지. 어떤 것은 하고 어떤 것은 하지 않을지, 어느 정도 선까지만 챙겨 드려야 할지, 금액과 시간, 에너지 소비 등은 결혼 전에 상호 합의하며 가치관을 맞춰 가는 것이 좋다.

시댁과 친정과의 갈등으로 이혼하는 사람들을 보면 너무나 안타깝다. 부모님께 효도하는 일은 무척이나 중요하다. 그러나 이도 내 가정이 온전해야 할 수 있는 일이라는 것을 잊지 말고, 결혼 후에 맞추려 하면 더 어려운 일이니 미리 조율하는 시간을 가질 수 있기를 바란다.

4 증명서

'범죄, 혼인, 가족, 채무'

이는 결혼 전 꼭 암기를 하라고 이야기해야 할 정도로 중요한 항목들이다. 국가를 통해 이 항목들을 확인할 수 있는 증명서가 있다. 이 증명서들을 통해 범죄를 저지른 이력이 있는지, 혼인을 했던 적이 있는지, 혼외 자식이 있는지, 채무가 있는지 등을 알 수 있다. 상대를 속이고 결혼하여 발생하는 사건 사고들이 너무 많은 요즘이다. 마음먹고 서류를 조작하는 경우도 있으니 직접 함께 서류를 떼러 가는 것이 확실하고 좋다. 결혼을 준비하면 해야 할 일들이 산더미라 바쁘고 귀찮겠지만 상대와 교환하지 말고 꼭 동행하여 직접 발급받기를 바란다. 인생에서 가장 중요한 결정을 앞두고 있는데 아무리 바쁘고 정신이 없어도 반드시 직접 해야 할 일이다.

이 외에도 학벌, 학위를 숨기는 사람들도 있다. 뉴스를 보면 직업이나 학교 전부를 속이고 결혼했다는 사기꾼들의 소식을 가끔 접한다. 남의 일일 때는 "어떻게 저런 것에 속을 수가 있지?" 싶겠지만 작정하고 속인다면 당할 수밖에 없는 노릇이다. 그리고 의외로 이런 경우가 흔하다는 것도 문제이다.

범죄 이력이 있을 수도 있다. 혹시 말하지 않았지만 이전에 결혼했던 사람일 수도 있고, 빚이 있을 수도 있다. 본인이 용인하고 품고 갈 수 있다면 그렇게 해도 좋다. 그러나 모르고 결혼하면 안 된다는 것이다. 결혼할 상대에게 당연하게 말해야 하는 사실을 숨기고 나중에 들통이 난다면 그것은 그 사실 자체보다도 부부 관계에서 가장 중요한 신뢰에 금이 가는 일이기 때문에 큰 재앙이 될 수밖에 없다. 그러니 그런 일이 있기 전에 서로 투명하게 증명서로써 보여 주고 신뢰를 다지기를 바란다.

'사랑하면 그냥 결혼하면 되는 거 아닌가?' 결혼 전에 이런 것들을 확인하자고 하면 스스로가 너무 계산적이고 못된 사람 같다고 생각하는 사람이 있다. 상대에게 죄책감이나 미안함을 가지기도 한다. 그런 생각은 전부 갖다 버려라. 결혼이라는 것은 평생을 함께하기 위해 낯선 두 사람이 결합하는 행위다. 심지어 개인의 결합도 아닌 가족과 가족 간의 결합이다. 상호 이런 부분을 확인하지 않아 불행해지는 것보다는 미리미리 확인하는 게 백번 옳다. 만약 이 부분에 상대가 협조해 주지 않거나, 스스로가 불편하다면 아직 결혼할 준비가 되지 않은 것이다.

이 모든 걸 확인했다 하더라도 인생은 어찌 될지 모른다. 그래도 조금이라도 그 위험성을 줄이려 노력해야 하지 않겠는가. 내가 방금 말한 것들은 최소한의 확인할 것들이다. 인생의 가장 중요한 선택을 하기 위한 기초 자료인 만큼 정신 차리고 반드시 챙기길 바란다.

부부간의 돈 관리

부부마다 본인들마다의 룰을 가지고 다양한 방식으로 가계를 운영한다. 누군가는 자영업자고 누군가는 사업가고, 누군가는 공무원, 누군가는 회사원이라서 모두 수입도 다르고 소비 패턴도 다르다. 여기서도 제일 중요한 건 바로 그 룰과 패턴을 정하는 부부간의 협의이다.

요즘에는 부부인데 서로의 연봉도 모른 채 각자 돈을 관리하는 추세가 많이 늘어났다. 하지만 이런 방식으로 관리하면 새어 나가는 돈이 많을 수밖에 없다. 그렇기에 어렵더라도 서로 협의하여 한 명이 돈 관리를 맡아서 하는 방법을 추천한다. 수입이 적으면 적을수록 더욱 투명하게 오픈하고 협심하여 알뜰살뜰 살아가야 한다.

중요한 것은 투명성이다. 관리를 맡은 사람은 그 내용을 투명하게 공개해야 한다. 월수입과 지출은 얼마이고 다음 달에는 이렇게 가계를 운영할 것이며 이런 적금을 들고 있고 펀드는 이렇게 하고 있다고. 자신을 믿고 가계 운영을 맡겨 준 배우자가 불안한 마음이 들지 않도록 내용을 잘 공유해 주면 된다. 물론 둘 중 더 돈 관리를 잘할 수 있는 사람이 그 역할을 맡아야 한다. 여자가 할지, 남자가 할지 자존심 부리거나 주도권 싸움을 할 문제가 아니니 현명하고 객관적으로 판단하여 조금씩 공동의 자산을 불려 나가는 재미를 느끼는 결혼 생활을 할 수 있기를 바란다.

아름답고 찬란하게
사랑하기를

저의 첫 에세이 어떠셨나요?

〈사랑하고 싶고 상처받긴 싫은 너에게〉를 통해 당신에게 작은 위안과 공감을 전할 수 있었다면, 저는 그것만으로도 큰 기쁨을 느낍니다.

사랑을 향한 여정은 때로는 눈부시게 아름답고 때로는 쓰라린 아픔을 동반합니다. 그러나 그 모든 순간들이 우리의 삶을 더 풍부하게 만들어주었다는 것을 잊어서는 안 됩니다.

이 책을 통해 깨달을 것이 하나 있다면 아마도 자신을 이해하고 받아들이는 것, 더 나아가 자신을 아끼고 존중하는 것이 진정한 사랑의 시작이라는 사실입니다.

이 책의 페이지를 넘길 때마다 조금 더 자신을 사랑하고 자신의 가치를 인식하게 되길 바랐습니다. 사랑은 자신을 발견하고 성장하게 하는 놀라운 여정입니다. 그렇게 성장을 통해 자신뿐 아니라 나와 다른 이성의 가치를 인정하고 배려하며 멋진 사랑을 하시기 바랍니다.

이 책의 마지막 장을 덮으며, 당신이 당신만의 사랑 이야기를 건강하게 써 나가길 바랍니다. 사랑은 우리 삶에서 가장 아름다운 선물이고, 사랑을 두려워할 필요가 없습니다. 상처가 두려워 사랑을 시작조차 할 수 없다면 그 아름다운 선물을 풀어볼 모든 기회를 잃는 것이니까요.

이 책이 당신의 삶에 작은 빛이 되길 바라며
당신의 사랑과 인생이 더욱 풍요롭고 의미 있기를 바랍니다.
지금 이 순간에도 사랑 때문에 힘들어 하고 있다면
조금이나마 위안받고 더 찬란한 사랑을 하길 응원합니다.
항상 사랑하세요. 나를. 그대를.

미란다 드림

사랑하고 싶고
상처받긴 싫은 너에게

1판 1쇄 인쇄 2024년 01월 24일
1판 1쇄 발행 2024년 01월 29일

지 은 이 미란다

발 행 인 정영욱
편집총괄 정해나
편   집 박소정
디 자 인 차유진

펴낸곳 (주)부크럼
전   화 070-5138-9971~3 (도서기획제작팀)
홈페이지 www.bookrum.co.kr
이메일 editor@bookrum.co.kr
인스타그램 @bookrum.official
블로그 blog.naver.com/s2mfairy
포스트 post.naver.com/s2mfairy

ⓒ 미란다, 2024
ISBN 979-11-6214-477-0 (03800)